宝石喰いの悪女

三萩せんや

双葉文庫

C T E R S

愛称:エリザ

エリザベート・クラリス・フォン・ルヴィエール

宝石好きで高慢な悪女……と噂されるが、真実は、真面目で研究熱心な貴族令嬢。マーキスに婚約破棄と国外追放を命じられる。笑顔が怖い。

愛称:アレク

アレクサンドル・ルクシア・テオドリクス・フォン・ディミトリア

隣国ディミトリア帝国の、切れ者の皇太子。感情の変化により、目の色が変わる。賭け事が得意。

C H A R A

ルビウス

人語を理解し貴金属の価値も分かる、賢いカラス。ある事件がきっかけで、エリザに懐く。

プリシラ

元娼婦でありながら次期王妃の座を狙うマーキスの強欲な愛妾。

マーキス

コレニア王国の王太子で、娼婦に溺れたエリザの元婚約者。

CONTENTS

序章

宝石箱のような美しい花園に囲まれた聖堂。

その奥の壇上で、若い男女が向かい合っていた。

海に面した小国・コレニア王国の王太子マーキスと、その婚約者であるエリザ——公爵令嬢エリザベートである。

マーキスは美しい男だった。

王位継承者として大事に大事に育てられ、何事も恣《ほしいまま》にしてきたからだろう。自信に満ちた顔立ちをしている。

一方エリザは、そんな王太子も霞《かす》むほどの美しい女だった。

瞳の色こそこの国では忌《い》み嫌われる紅《くれない》だったが、腰まで緩やかに波打つ髪は日差しを縒《よ》り集めたような黄金色で、身につけた純白のドレスによく映えていた。どことなく冷たく感じられる横顔も、この厳粛な場には相応《ふさわ》しい。

今日は、そんな二人の婚約式だ。

国王夫妻と参列した人々に見守られながら、二人は幼い頃に両家の親同士で決めた婚約を正式に取り結ぶはずだった。

……だが、祝いの場は一転、修羅場と化していた。

空気が一変したのは、マーキスがエリザの頭にティアラを載せた直後のこと。

エリザが己の頭に載せられたティアラをむしり取り、

「これが国宝？　こんなゴミ屑、いりませんわ」

そう冷たく言って、雑に投げ捨てたからである。

カツン、と硬質な音をさせて、ティアラは硬い地面に落下した。

しんと聖堂の中が静まり返る。

マーキスも、参列者たちも、国王夫妻すらも……皆、石像のように固まってしまった。

「き――貴様、正気か⁉」

沈黙を破ったのは、マーキスの叫びだった。

「国宝を粗末に扱うお前のような不届き者を、この国の国母にするわけにはゆかぬ！　ただいまをもって、私はお前との婚約を破棄する！　即刻この国から出ていけッ‼」

エリザを指差し、マーキスは断罪するかのように言い放った。

それを皮切りに、ざわざわ……と参列者たちも騒然となる。

マーキスの発言は、至極もっともな主張のように聖堂に響き渡った。

なぜなら、由緒あるこの聖堂で国の貴族や招待した周辺国の客人に見守られながら、王太子の手で婚約者の頭に国宝のティアラが載せられる……それがコレニア王国の婚約式のしきたりだからだ。

このティアラも、もちろん一国の宝とされるだけの代物《しろもの》である。

初代国王が建国の際この地にかつて存在した神殿で手に入れたという、巨大なダイヤモンド。カットし研磨して輝きを増したそれを中央に据え、そこから零《こぼ》れ落ちたかのような小粒のダイヤが惜しげもなく純金《ゴールド》の台座に配された豪華な逸品である。これ一つで、この国が買えるほどの値打ちがあるとも言われていた。

その国宝を国の内外の要人たちに見守られながら頭に戴くことで、この王国の王族の一員として認められる……これは、そのような神聖な意味が込められた儀式なのだ。

……決して、ティアラを投げ捨てるような儀式ではないし、投げ捨てていいティアラであるはずもない。ティアラを投げ捨てるということは、王家、ひいては王国を投げ捨てるに等しい蛮行《ばんこう》ともいえる。傍《はた》から見ていた者には、エリザがおかしくなったように思えたことだろう。

だが、この暴挙とも思えるエリザの行動には、そうするだけの――そうせねばならない、のっぴきならぬ事情があったのだ。

国宝のティアラを『ゴミ屑』呼ばわりし、投げ捨てるだけの確たる理由が。

第一章　ゴミ屑の国宝

公爵家の令嬢エリザベート・クラリス・フォン・ルヴィエール。

十八歳になった彼女は、コレニア王国の王太子妃候補――つまり次の王妃になる人物である。

だが、巷《ちまた》では『宝石喰いの悪女』と嫌悪を込めて呼ばれていた。

その理由は、彼女が宝石を集めていたことによる。

集めるといっても、宝石箱一つに収まるような常識的な量ではない。

並べた棚で部屋がいっぱいになってしまうほど、彼女は大量に宝石を集めていたのだ。

数だけでなくその種類も豊富で、彼女の元にない宝石などこの世に存在しないのではないかとまで言われていた。

宝石ならば、どのようなものであれ、彼女は手に入れようとする。

それこそ下々の者の手に宝石が行き渡らないのは、彼女がすべて自分の元に買い集めてしまうからだと考えられていた。

また、宝石を手に入れるためには、多かれ少なかれ資金が必要である。

宝石にはピンからキリまであるとはいえ、何でもかんでも買い集めれば相当な金額になるはずだ。欲しい宝石を欲しいだけ手中に収める彼女は、かなりの浪費家だろう。ルヴィエール公爵家もすでに傾いているらしい。

そんな強欲な女が王妃になれば、国の財政は簡単に破綻《はたん》してしまうはずだ。民草《たみぐさ》から税を搾《しぼ》り取って、贅《ぜい》の限りを尽くすに違いない。

恐ろしい女だ。傾国の悪女だ。

それに……ほら、あの世にも恐ろしい笑顔を見ろ。

悪魔か？　それとも死神か？　あんなにも美しい顔立ちに、あんなにも歪《ゆが》んだ笑みを浮かべるやつが、まともな人間であるわけがない。

国民たちは、そう噂《うわさ》した。侮蔑《ぶべつ》と嘆《なげ》きを込めて隣人に流布していた。

……しかし、噂はあくまで噂である。

実際のところは噂とは少し——否、かなり異なっていた。

エリザは、悪女ではない。

聡明で真面目、かつ国のことを考えている、正真正銘の淑女だった。

その笑顔は周囲から恐ろしく見えたかもしれないが、彼女は悪魔でもなければ死神でもない。実際は、周囲に好かれようと苦手な微笑《ほほえ》みを頑張って浮かべた結果、顔の筋肉が強《こわ》張《ば》ってしまうだけだった。

誤解されているのは、宝石についての話も同じだ。

確かにエリザは宝石を集めていた。

部屋がいっぱいになるほど、様々な種類の宝石を、どのようなものであれ買い集めた。

そこは噂どおりだ。

だが、強欲ではないし、公爵家もまったく傾いていない。

エリザが宝石喰いと呼ばれるほど宝石を集めているのは、趣味や欲望からの蒐集癖《しゅうしゅうへき》によるものではないからだ。


「隣国ディミトリアは、近年、我が国との交易の輸出品目に宝石を盛り込んでまいりました。つい先日も、広大な領土内で新たに鉱山が拓かれたとか……で、あれば、我々もその価値を正確に見分けなければなりません。その目利きを可能にすることが、将来的に我が国の国益を守ることになりましょう」

エリザがそう言ったのは、十三歳の時のことだ。

幼い頃に亡くなった母に続き、公爵である父が亡くなった。その葬儀が終わり、家督を継いだばかりの兄に向かって言ったのだ。

五つ年上の兄ラドルフは、妹の聡明《そうめい》さを知っていた。

生まれてくる性別が異なれば、家督を譲ってもよかったとすら思う自慢の妹である。そんなエリザからの提言を、ラドルフはすんなりと受け入れた。エリザの主張がもっともなものであったからだが、彼の度量の大きさもまた年上の上流貴族たちから好ましく思われていた。

エリザも、唯一の家族であるこの兄を尊敬していた。この兄と共に、自分が王妃となった際は、この国を守ろうと固く心に誓っていた。

宝石についての鑑定眼と知識を得る。

ラドルフの助力のもと、エリザはその目的を果たすために宝石の研究に精を出した。

宝石の美しさは、確かに彼女の関心を引くきっかけにはなった。

だが、元より幼少期から自然についての事象に興味を抱き、たゆまず教養を身につけてきたエリザである。宝石を展示し、観察のための器材を並べ、調べるための書物で溢《あふ》れた彼女の自室は、年頃の貴族令嬢らしさとは程遠く、さながら錬金術師の研究室のようだった。

そんな風に学びの環境が整ったことで、エリザはやがて目的の能力の獲得に成功する。

今ではもう、国内の宝石商で彼女の目利きに敵《かな》う者はいない。

それは王家御用達《ごようたし》の宝石商も舌を巻くほどで、粗悪な宝飾品を売りつけるような悪徳宝石商たちは、彼女を恐れるようにコレニア王国の都から姿を消した。

そして、エリザが当初掲げたように、実際の交易でも宝石の鑑別ができることは国にとって非常に有益だった。

上等な宝石と劣悪な宝石とを的確に仕分け、適正な価格でしか購入しない……それを徹《てっ》底《てい》した結果、『ゴミ屑』に大金を払ったりせずに済み、隣国が〝素人相手に吹っ掛けてくる〟ような事態も防ぐことができたのだ。

宝石が身近なものである上流貴族たちは、それを彼女の功績として高く評価した。優秀な妹に、助力した兄も鼻高々だった。

そしてコレニア王国の国王その人も、エリザの行為を高く評価した。

「エリザベート。そなたは、我が愚息《ぐそく》には勿体《もったい》ないくらいだ」

元々、この国王はエリザのことを可愛がっていた。

王国の現王妃はいわゆる後妻であり、国王が真に愛したのは——今でも愛しているのは——若くして亡くなった第一王妃だ。この第一王妃はルヴィエール公爵家の長女であり、エリザの伯母《おば》である。

姪《めい》のエリザには、この第一王妃の面影が幼い頃からあった。

特に、紅の瞳は珍しかったが、第一王妃も同じ色をしていた。

この王妃とルヴィエール公爵家の初代当主が紅の瞳を持っており、どちらも短命だったことから『紅は不吉な色だ』と王国内で広まったのである。

しかし、不吉な紅も、国王にとっては愛した女性の瞳の色だ。

成長すればするほど愛した王妃に似てゆくエリザを、国王は定期的に城へと呼んだ。

第一王妃との間に子どもがなかった国王は、エリザのことを我が子のように考えていた。

賢く美しく成長していくエリザを、特に親友だった彼女の父亡きあとは娘として、何なら後妻との息子であり自身の後継者でもあるマーキスよりも可愛く思っていた。

エリザには、マーキスにはない賢い統治者としての素養があったからだ。

このように国王や上流貴族は、概《おおむ》ねエリザに対して好意的だった。

……しかし、一方では、その評価が反転する。


「私《わたくし》は、とんでもない悪女だそうね」

数日後に迫る婚約式のために王都へとやって来たエリザは、与えられた城の居室で小一時間ほど過ごしたあと、ぽつり、とそう呟《つぶや》いた。

今は黒を基調にしたドレス姿で、装飾品の類《たぐい》は控えめにしている。

毎年、王都にやって来るたび、エリザは馬車ですれ違う民たちから刺々《とげとげ》しい視線を向けられてきた。それはいつものことなので、もう慣れっこだ。

だが、今年はちょっと様子が違った。

――「この悪女め！」

――「王妃反対！」

――「この国から出ていけーっ！」

そんな罵声が、民から馬車に浴びせられたのだ。

逃げるようにして到着した城の門前にも、荒ぶる民は押し寄せており、それを衛兵たちが壁を作るようにして追い返していた。身の危険を感じるような異様な状況のまま、エリザは入城することになった。

息をつけるはずの城の中も、何やらきな臭い様子になっていた。

馬車を降りてこの居室に向かうまでの道中、使用人たちにひそひそと陰口を囁《ささや》かれたかと思いきや、逆にいない者として扱われたり、道を譲られなかったり……という無礼な態度を取られた。部屋に到着したあと、いつもは使用人が用意して待っているはずのティーセットもなかった。

こんなことは、長年にわたる登城でも初めてだった。

そのため、エリザも思わず愚痴《ぐち》を零してしまったのである。

「国王陛下までたぶらかしているらしいわ」

「何も知らない者たちには、好きに言わせておきましょう」

使用人たちが用意しなかったティーセットでお茶を入れる準備をしながら、そう応える者がいた。

この城でのエリザの侍女、マリーだ。

国王に呼ばれ領地から城を訪問するたびに、エリザの世話はこの年の近いマリーがしてくれていた。この城の中で、兄と国王とを除き、エリザの味方は彼女だけだ。去年までと変わって敵が増えたらしい城内にあっても、彼女は未《いま》だ甲斐甲斐《かいがい》しくエリザに世話を焼いてくれていた。

「それに、皆がエリザ様のことを悪《あ》し様《ざま》に言っていられるのも今のうちだけですよ。婚約式が終われば、そんなことも言っていられなくなるでしょうから」

「そうかしら」

マリーの言葉に、エリザは曖昧《あいまい》に頷《うなず》く。

敵の陣中に単騎で入った騎士のような気持ちだった。

何が起こってもおかしくないし、命の危険だってある。ティーセットが用意されなかったのとは反対に、毒が用意される可能性すら今の城内には漂《ただよ》っている。

……気休めに心を油断させれば、寝首を掻《か》かれることもあるのだ。

エリザは幼い頃からそう警戒し、慎重に行動してきた。王太子妃候補として婚約式を執《と》り行えたとして、それは変わらないはずだ。

（……そもそも式だって、無事に執り行えればいいのだけれど）

城の門に押し寄せていた民衆、反抗的な使用人たち……思い出すと、恐怖が冷気のように足元からせり上がってくる。

（大丈夫……と思いたい……）

エリザは居室の窓に近づき、そこから見える庭園に目を向けた。

庭園の奥には、式を執り行う荘厳な聖堂がある。当日は他国の要人たちも招くため、警護は十分なされるだろう。民が入り込んで暴動を起こすようなことは、さすがにないはずだ。

そうエリザが自分を安心させようとしていた時だ。

視界の端で、何かが動いていた。

庭園の一角の茂《しげ》みの奥、ひらひらと薄桃色の何かが見え隠れしている。

「あれは……」

エリザは目を凝らした。

花の上を飛び交う蝶《ちょう》のように動いているのは、ドレスの裾《すそ》だ。

使用人が身につけるような地味なものではない。動くたびにひらりと美しく広がるのは、生地が軽くて上質なものだからだろう。

そのドレスに引き寄せられるようにして、男が一人、茂みに入ってゆく。

エリザはすっと目を細めて、その一角を冷たく睨《にら》んだ。

「……エリザ様、どうかされましたか？」

窓の前で立ち尽くすエリザに、マリーが尋ねる。

エリザは振り返り、窓から離れた。

「蝶が花と戯れるのを見ていただけよ。相変わらず、ここの庭園は美しいわね」

「ご覧になられますか？」

「いいえ。ここからで大丈夫。まだ旅の疲れが残っているし……マリー、あなたも下がっていいわ。用があればまた呼びます」

エリザがそう告げると、マリーは「いつでもお呼びつけください」と言って部屋から出ていった。

一人になったエリザは、再び窓の外に目を向ける。

先ほどの一角には、もう何も見えない。

しかし、あのドレスの主と引き寄せられていった男に、エリザは心当たりがあった。

（あれはマーキスと……確か名前は『プリシラ』だったかしら……）

一瞬だけ見えたドレスの主の顔に、エリザは覚えがあった。

状況と照らし合わせて、彼女が王太子マーキスの情婦であるプリシラだと判断する。

（……噂には聞いていたけれど、本当に城に住まわせているのね）

エリザは窓ガラスにそっと手を添えて、自分でも気づかぬほど小さくため息をついた。

プリシラは、マーキスが城下へとお忍びで遊びに行った際に出会った娼婦だ……とエリザは聞いている。情報の出どころは、兄だ。城に常駐している貴族に親しくしている者がいて、兄に「警戒しておけ」と忠告してくれたらしい。

マーキスはプリシラを娼館から身請けしたあと、城に部屋を与えているという。

……つまり、彼女を愛妾《あいしょう》にしようとしているのだ。

エリザはこの件に関して、別にとやかく言うつもりはない。

自分とマーキスの婚約・結婚は、両家のためであり、国のためのものだ。

本人たちの心などあってないようなもので、エリザの気持ちだって――マーキスのような自分の身分を理解せず娼館に通いまくる女遊びの激しい男との結婚なんてごめんだ、という嫌悪感だって――置き去りにされている。

だからというわけではないが、愛妾を作りたがるマーキスの気持ちも分からなくはない。

愛も恋も、この結婚にはないものだからだ。

（……王太子として、きちんと婚約し、結婚してくれればそれでいいわ）

それが、エリザが彼に求めていることだった。

プリシラを愛し、自分の元に帰って来なくともいい。次期国王として、やるべきことをやってくれればそれでいい。国に安寧《あんねい》をもたらすよう統治して欲しいところだが、最悪その辺りのことは自分や周囲で何とかするから、と。

そう思っていたのだ。

その考えが甘かったことに、エリザは数日後、婚約式が始まってから気づくことになるのだが……。

◇

「捕まえたよ、プリシラ」

庭園の茂みの中で、マーキスはプリシラを背後から抱きしめて囁いた。

プリシラは「きゃあ！」と嬉《うれ》しそうな悲鳴を上げる。

肉感がありながら小柄なプリシラは、簡単にマーキスの腕に収まった。それが、マーキスには堪らないのだ。

「僕の愛しいチュベローズは、こんなところでお戯れかい？」

「ふふっ。たまには明るいうちから外で……っていうのも、刺激があっていいと思わない？」

「庭師に見つかるかもよ？」

「ぞくぞくしちゃうわ。マーキスは？」

「……いいね。堪らないよ」

倫理観の欠片《かけら》もないプリシラの提案を、マーキスは喜んで受け入れた。

肌着のシュミーズのような薄くて手触りがいい薄桃色のドレスは、胸元が大胆に開かれたものだ。上流貴族たちからは顔を顰《しか》められるデザインだったが、マーキスは気に入っていた。手を這《は》わせれば、こんな風に容易にドレスの中のプリシラの肌に触れることができる。

「マーキス。愛しているわ」

「ああ、僕も愛しているよプリシラ」

鼻息荒くドレスの裾をたくし上げるマーキスに、プリシラは口の端を上げる。

そうして茂みの隙間から、ちらり、と城の方へ——ここから見えるエリザの居室へと視線を投げかけた。

窓際には、ちょうどエリザが立っていた。

（見えてる？　世間知らずのお貴族様……あんたの男は、私に夢中よ？）

プリシラは優越感を覚えながら、しなを作ってマーキスに尋ねる。人前での彼女は、通常よりも高い声を使っていた。

「本当？　婚約者のあのエリザベートって人より？」

その瞬間、マーキスはプリシラをまさぐっていた手を止めた。

不快そうに眉《まゆ》を顰《ひそ》めたのは、プリシラの言動に対しての不機嫌ではない。苦手な婚約者の顔を思い出したからだ。

「もちろんだよ。あんな可愛げのない女なんか、君と比べるべくもないさ」

「でも、あの人と結婚しちゃうんでしょう？　……私が娼婦じゃなくて、貴族の令嬢だったらよかったのに」

「僕だってそう思ってるよ。君が僕の結婚相手で、僕が王になった時は君が隣にいたらいいのにって、ずっと思ってる」

「本当に？　ああ、嬉しいわ、マーキス……」

マーキスの頭を掻き抱くようにして、プリシラは深々とキスをした。

唇を離して、二人は見つめ合う。

「……マーキスは、本当にあの女が嫌いなのね」

「ああ、大嫌いだね。人形みたいに澄ましてさ、血みたいに紅《あか》い不吉な目で僕を冷たく見るんだ。君のように慈愛に満ちた目でなくね」

「そう……なら私、面白いことを考えたんだけど」

「面白いこと？　ここで君と愛し合うことより？」

「がっつかないで、王子様？　──ほら、こっち。こっちよ。捕まえて」

するり、とマーキスの腕をすり抜けたプリシラが、ドレスの裾をひらひらとひらめかせながら茂みの向こうへ軽やかに駆けてゆく。鼻の下を伸ばしまくったマーキスが、その後を酒にでも酔ったような千鳥足で追いかけた。

やがてプリシラがマーキスを誘い込んだのは、婚約式の式場である聖堂だった。

その聖堂を背に、プリシラはニッコリと微笑んで言った。

「あのね。婚約式で、あの女が恥《はじ》を掻いたら、どう思う？」

「そりゃあ愉快だよ」

マーキスは鼻で笑って即答した。

しかし、プリシラを見つめて首を傾《かし》げる。

「でも、残念なことに、あいつには恥を掻く隙なんてどこにも見当たらないよ……憎たらしい限りだ」

「隙がないなら、作ればいいじゃない」

「作る？」

「ええ……マーキスは婚約式の時、ここであの女の頭に国宝のティアラを被《かぶ》せるんでしょう？」

背にした聖堂を肩越しに覗《のぞ》き見て言ったプリシラに、マーキスは肩を竦《すく》めて大げさにため息をついた。

「ああ、忌々《いまいま》しいことだけどね。でも、それとあいつが恥を掻くことに、何の関係が？」

「その式で使うティアラなんだけど……〝偽物《にせもの》〟にしてやったらどうかなって思ったの」

くす、といたずらっぽく微笑むプリシラに、マーキスは一瞬、固まった。

だが次の瞬間、目を見開いて、

「そいつはいい！　傑作だ！」

マーキスは大声を上げて笑った。

周囲にそれを耳にする者はいない。さらに続く言葉も、二人を除き、誰の耳にも入らない。この神聖な場所には、普段は人が来ないのだ。

「由緒だの本物だのに拘《こだわ》る公爵令嬢が、偽物を頭に戴いての婚約式とは！　あいつにはこの上ない屈辱《くつじょく》のはずだぞ！」

ニヤニヤと下卑《げび》た笑いを顔に浮かべながら、マーキスは続ける。

「で、偽物にすり替えるとして。そのあとはどうなるんだいプリシラ？」

「婚約式が終わったあと、ティアラはあの女から回収される。その時に、あなたが『これは偽物じゃないか？』って言えば」

「鑑定が行われて、偽物だと判明する……？」

「それで『国宝のティアラはどこに行った⁉』って騒ぎになったら？」

「あいつが盗んだことにすればいいのか！」

ぱあっと顔を明るくしたマーキスに、プリシラは「名案でしょ？」と微笑んだ。

「ハハッ！　宝石喰いの悪女様なら、あの宝石だらけの国宝に目が眩《くら》んでもおかしくないもんな！　次期王妃から、国宝泥棒に落ちぶれるわけか……あのいけ好かない女が泣いて許しを請《こ》うところを見たいと思ってたんだ。プリシラ、最高の提案だよ！」

「本当？　マーキスが喜んでくれてよかったわ！」

プリシラはマーキスの胸の中に飛び込む。

擦り寄るプリシラに、よしよし、とマーキスもその頭を撫《な》でた。

「けど、国宝のティアラと見分けが付かない偽物なんて、用意できるだろうか……しかも時間だってもうないし――」

「それなら大丈夫よ！」

及び腰になるマーキスに、プリシラは即座に断言した。

「〝そういうの〟を扱ってる宝石商に伝手《つて》があって、そっくりなティアラを見つけたの。だから、その偽物と本物をすり替えてやったらどうかな、って思いついたんだもの。もう用意はできてるのよ」

「へえ……それ、僕にも見分けがつかない？」

「マーキスでも見分けがつかないわよ。賭《か》けてもいいわ」

最後の一押《ひとお》しとでもいうようにプリシラは言った。

彼女のその言葉に、マーキスは「ふうん」と楽しげに頷く。

「君がそこまで言うなら、やってみようか」

「ええ。私に任せて」

言って、プリシラはマーキスを抱きしめる腕に力を込めると、彼の胸に顔を埋めた。

……下卑た笑いが、その顔に浮かび上がるのを堪え切れなかったからだ。

(ごめんなさいねえ、恵まれた公爵家のお嬢様。王太子も王妃の座も、これで私のものよ。私は愛妾なんかで終わるつもりはないの……だからこそ、ここまで頑張ったんだもの。エリザベート、あんたを引きずり下ろすためにね！)

王都の民たちの間に『宝石喰いの悪女』の噂を流したのも。

その悪女が、民のことをゴミ屑のように思っている、国を滅亡に追いやろうとしている、と娼館の伝手で雇った無法者たちに煽《あお》らせたのも。

同じようなことを城内でも行い、使用人たちに悪女への敵意を植えつけたのも。

(ぜーんぶ、私がやってやったのよねぇ)

それらを思い返し、プリシラは内心でほくそ笑んだ。

エリザへの評価を落とすと同時に、城の内部を手始めに王都の民たちからの信望を自分に集めるよう動いた。娼婦として身につけた、人の心をくすぐる愛嬌《あいきょう》と手練手管を武器にすれば、造作もないことだった。

(どいつもこいつも、頭お花畑でチョロいんだよ……ま、そのおかげで欲しかったものも、あっさり手に入りそうだけど)

裕福な暮らしも。

権力を持つ男も。

人々が羨むであろう将来の地位も。

……欲しかったものは、全部あの女が持っている。

爪を立てるようにマーキスを掻き抱く腕に力を込めて、プリシラは聖堂の前で誓った。

(全部、奪ってやるわ……あの女から、私が欲しいもの、全部)

……そうして、やって来た婚約式当日。

聖堂の中、マーキスは偽のティアラを手に、エリザと向き合った。

プリシラが用意したティアラは、本当に見事なものだった。

事あるごとに国宝のティアラを見てきたマーキスも、本物と並べたところでまるで見分けが付かなかったのだ。ティアラとしての作りだけではなく、宝石も本物のダイヤモンドにしか見えなかった。

見分けが付かなかったのは、何も彼だけではない。

このティアラと本物をすり替えたのは式の前夜、マーキスの管理下に入ってからだ。その後、聖堂に運ばれたこのティアラは王や王妃も含めた何人もの人間の目に晒《さら》されたものの、誰一人として偽物とは気づかなかった。つまり、マーキスの目が節穴というわけでもない。

そもそもマーキスは、宝飾品に触れる機会が多い男だった。

彼は女遊びが激しく、その遊び相手の女に渡すプレゼントに選ぶことがよくあったのだ。

加えて、マーキスはケチな男だった。

一見しただけでは高級品にしか見えない安物の宝飾品を求めたため、騙《だま》すための目利きにはある程度の自信があった。だからこそ彼は、プリシラの考えた〝悪戯《いたずら》〟を実行することにしたのである。

(さて、いよいよだな……)

ティアラを手にしたマーキスは、エリザに触れることができる距離まで近づいた。

そして彼女の頭上に偽のティアラを恭《うやうや》しく掲げ、

「……喜べエリザベート。お前が欲しがっていた国宝のティアラだぞ」

嫌いな女の頭に偽物を載せながら、彼はそう囁いた。

(偽物だとも知らずにいい気なものだ。馬鹿な女め)

マーキスの口元に笑いが込み上げてくる。胸がすくような最高の気分になっていた。

参列者たちに紛れて聖堂へと侵入したプリシラも、その様子を見てほくそ笑んでいた。

――陥《おとし》れようとした相手《エリザ》に、類まれな宝石の鑑定眼があるとも気づかずに。


(……はあ)

ティアラを載せられたエリザは、内心でため息をついた。

式の最中――いや、始まる以前から――マーキスの様子がおかしかった。

そのため、それとなく観察していたのだが……エリザには、すぐにその理由が分かってしまった。

(これは国宝の模造品……というか偽物ね。なんて馬鹿なことをしてくれたのかしら。とんだ侮辱だわ)

マーキスは嘘《うそ》がつけない男だった。

というか、恐ろしく隠し事が下手なのだ。すべて顔に出てしまう。しかも本人はまったく気づいていないらしい。

そしてエリザは、小さな変化にも敏感だった。

子どもの頃から、貴族の大人たちの中で、公爵家を守るために敏感であらねばならなかったからだ。穏《おだ》やかな笑顔や淑《しと》やかな笑顔……それらの裏に隠された〝真実〟を見抜かなければ食い物にされる。エリザはそれを両親が亡くなる以前より心得ていた。両親が、その心得を授けてくれたのだ。

自分がマーキスに嫌われていることも、エリザは知っていた。

だが、知らなかったことが一つだけある。

(……ここまで愚《おろ》かだとは、知りたくなかった)

にやにやと粘《ねば》りつくような笑みを浮かべたマーキスを、エリザは冷めた目で見つめる。

彼に対する怒りや落胆がないといえば嘘になる。

だが、頭を占めるのは、そんなことよりも、このあとどうするかだ。

偽のティアラを載せられてからここまでのわずかな間に、エリザは自分の置かれた状況について冷静に把握していた。軽率に事を起こしたマーキス以上に、しっかりと。

(私の頭に載せられたこのティアラは偽物……ということは、皆これが国宝のティアラだと信じて疑っていないということね。国王陛下も、王妃陛下も、お兄様ですらも気づいていらっしゃらない)

婚約式は、この偽物を付けたまま進めることになる。そしてティアラを外して返却するのは、エリザが聖堂から退場したあとだ。

ティアラの——それにあしらわれた宝石の——真贋《しんがん》を見分ける方法はある。

だが、残念なことに、それを知っている人間はエリザ以外ここにはいないようだった。

しかしそれも当然のことだ。何せエリザですら、ここ最近になってようやく摑《つか》んだ見分け方なのだから。

(この偽物を付けたまま聖堂から退場し、何事もなかったようにお返しする……のは、だめか)

エリザは視界の端に捉《とら》えたプリシラの様子に、事態の深刻さを把握する。

他の貴族たちとは育ちが違うせいか、元娼婦の彼女はこの場では浮いた存在である。そちらを見ずとも、彼女がこの事態を前にわくわくを抑えられず前のめりになっているのが、エリザには分かった。

そして、プリシラが自分に敵対心を抱いていることも、エリザには分かっていた。

いかに相手が愛らしい見た目であろうと、悪意は視線や目に宿る。プリシラの悪意は、偽のティアラを載せられたエリザを嘲笑するだけの些細《ささい》なものではなさそうだった。何かを奪い取ろうとする嫉妬《しっと》に、目の奥がぎらついている。

(なるほど、この偽物を使って私を引きずり下ろしたい、というところかしら。であるなら、このままだと私は……『偽物とすり替えて国宝を盗んだ犯人』にされてしまう)

もし自分が一人になる瞬間が一度でもあれば——そして、その後で自分のもとから本物が出てくるようなことがあれば——その筋書きは成立してしまう。

いくら無実を訴《うった》えたところで、『エリザベートの部屋から本物が見つかった』と騒がれれば、証明のしようがなくなってしまうのだ。

(ああ、最悪ね。一歩でも間違えたら断頭台行きもあり得る……でも暗殺されなかっただけマシと考えるべきかしら。生きていれば、まだ足掻《あが》けるもの)

エリザは腹を決めた。

この聖堂から出てしまえば、向けられた疑惑を晴らすのが難しくなる。ならば証人が多いこの場で、このティアラがすでにすり替えられた偽物であると指摘してしまおう。その方が傷が浅くて済むはずだ、と。

それが、頭からティアラをむしり取り、投げ捨てた理由だった。

「これが国宝？　こんなゴミ屑、いりませんわ」

エリザのこの暴言も、『お前が欲しがっていた国宝のティアラだぞ』と宣《のたま》ったマーキスへの返答であり、このティアラが国宝ではないと聖堂内の参列者たちに印象付けるための言葉だった。

おかしくなったわけでもなく、怒りに任せた行動でもなかったのだ。

（……とはいえ、投げ捨てたのは、やり過ぎだったかしら）

周囲の反応に敏感なエリザである。

聖堂内の空気から、参列者たちが想定以上に自分を恐れているのが分かった。

マーキスも、エリザがこんな態度を取るとは考えてもいなかったのだろう。大いに狼狽《うろた》え、そして喚《わめ》いた。

「き――貴様、正気か⁉」

ええ正気ですとも、とエリザは淡々と受け止める。

そして冷静に、落ち着いて弁解しようと思った……のだが。

「国宝を粗末に扱うお前のような不届き者を、この国の国母にするわけにはゆかぬ！　ただいまをもって私はお前との婚約を破棄する！　即刻この国から出ていけッ‼」

己の罪が暴かれる怯《おび》えからか、マーキスは矢継《やつ》ぎ早《ばや》に喚き散らした。

そして彼はあろうことか、

「プリシラ、ここへ！」

参列者の方へと手を差し伸べ、そこにいた愛妾を壇上に呼び寄せた。

プリシラは「はいっ！」と可愛らしい声で返事をし、恥ずかしげもなく参列者を掻き分けてやって来る。

そしてマーキスは、遠慮することなく壇上に登ってきた彼女を抱き寄せ、

「私はこのプリシラと婚約します！」

朗々と宣言した。

エリザが口を挟む余地もなかった。

思い切りがいい……といえば聞こえがよい考えなしのマーキスの行為に、呆気《あっけ》に取られてしまったのもある。

「いけませんわ、殿下！」

プリシラがマーキスを窘《たしな》めるように言った。

少し困ったように顔を俯《うつむ》かせて、しかし彼女は大きな声で続ける。

「私が王妃になるなんて……ほら、エリザベート様も、貴族でもない下賤《げせん》な女のくせにって仰《おっしゃ》りたそうなお顔をしてますわ！」

「プリシラへの侮辱は許さんぞ、エリザベート！」

「いえ、私――」

言っていないんですが。

そうエリザが否定しようとした声すら、マーキスは掻き消してしまう。

「プリシラ、君ほど素晴らしい女性は他にはいない！　身分が何だというのだ……君のような慈愛の心を持つ女性こそ、僕の婚約者に――そしてこの国の王妃に相応しい！」

「まあ殿下、本当に？」

「ああ、本当だとも！　なってくれるか？」

「嬉しいわ！　もちろん！」

マーキスとプリシラは、互いの手と手を固く握り合いながら見つめ合う。

完全に二人の世界が出来上がっていた。

そこには虫一匹とて入り込めそうにない。目と鼻の先にいるエリザですら、二人の世界を彩るための草木か何かのようにされている。

そして、参列した貴族たちの中にも、この滑稽《こっけい》なマーキスとプリシラの舞台に喜んで拍手を送る者が混じっていた。弁《わきま》えている貴族が多いため大きく広がりはしないが、それでもぱらぱらと聖堂に響くその拍手は、確実にエリザへの敵意として舞台に花を添えている。

（私は一体、何を見せられているのかしら……というか、どうしてこんなところにいるんだろう……）

エリザは途方に暮れていた。

ここに城の庭園にまで押し寄せていた民が入り込んでいたら、プリシラへの歓声が上がるとともに、エリザを排拆しようとする暴動が起きていたかもしれない。なんなら次の瞬間には、どこかから誰かや何かが飛んできて殺されているかもしれない。

……そんな危うい状況に、なぜ自分は置かれているのだろう、と。

けれど、そう憂《うれ》うと同時に、エリザは冷静にこの状況の打開策を考えてもいた。

この最低の状況は、まったく予期できなかったものではない。自分が王妃になるまでに、何らかの形で、誰かしらに妨害されることはあるだろう……そうエリザは想定していたからだ。

ただ、考えていた懸念の斜め上を行かれただけである。

マーキスの愚かさが想定以上だったり。

妨害の舞台に選ばれたのが、他国からの客人までも巻き添えにしてコレニア王国が周辺国の中で格を落としてしまうような、この婚約式だったり。

（……偽物とはいえ、ティアラを投げた私も、このままだと同罪だわ）

エリザは、国王と王妃が並び座る玉座を見上げる。

王太子をここまで愚かに育て上げた親バカである王妃はともかくとして、国王はエリザに理解がある相手だ。

自己中心的で考えなしの息子がいずれ担うであろう執政に不安を抱き、だからこそ「隣で支えてやって欲しい」とエリザを王妃に望んだ張本人である。

本来ならばマーキスではなく、国王がこの場を収めたはずだった。

ティアラを投げたエリザを咎《とが》めるのも、国王であるはずだった。

とはいえ、分別のないマーキスが王より先に咎めてくることは、エリザにも予見できたことだ。婚約破棄を言い渡されることも、覚悟の上での暴挙だった。

予見できなかったのは、王でもないマーキスが越権行為で勝手に行った、エリザの『国外追放』という過剰な断罪。そして、その流れのまま思いつきで行ったのであろう、プリシラとの『婚約宣言』である。

マーキスの王国史上でも稀《まれ》に見るその愚行は、エリザだけでなく、国王と王妃にとっても理解の範疇《はんちゅう》を超えたものだったのだろう。人目も憚《はばか》らぬ王太子と愛妾の一幕に、二人とも揃《そろ》って唖然《あぜん》としていた。

（陛下のご発言を待ちましょう。きっと弁解の機会をいただけるはず……）

エリザは黙ったまま、国王が立ち直るのを待った。

自分がいくら話を切り出そうとしたところで、マーキスが喚き散らして邪魔するだろうと想像に難《かた》くなかったからだ。

（この場を収めた陛下が私の言い分が正しいと判明すれば、国外追放はもとい、マーキスが宣言した婚約破棄もなかったことにしてくれるでしょう。けれど……）

エリザは、目の前の婚約者を改めて見た。

公の場で罠《わな》に嵌《は》めようとしてきた男は、参列者たちに注目される中、愛妾相手に鼻の下を伸ばしている。

（……やっぱり嫌ね）

エリザは自覚してしまった。

何度も何度も呑《の》み込んできたはずの嫌悪感を無視できなかった。

(この男の元に、嫁《とつ》ぎたくないっ……!)

そう心が訴えている。拒否している。

生理的に無理だ。そう理解してしまった。

結婚するくらいなら死んだ方がマシ……とは思わない。それは両親が亡くなった時に悲しんだ幼い自分と兄への冒涜《ぼうとく》になるからだ。

だが、そう考えることができる理性と、願望を映し出す心は別だ。偽れない。

(もういっそ弁解などせず、婚約破棄に同意して国外追放でいいのではないかしら。民たちが暴動を起こす懸念もあるし……お兄様には申し訳ないけれど、きっとご納得くださるはず……)

そこまで考えて、エリザは兄の反応が気になった。

兄も、この状況において口を出してきていない。

自分と同じように、国王陛下の発言を待とうと考えているのだろう、とエリザは思った。それが貴族の常識というものだからだ。諸々《もろもろ》をすっ飛ばしているマーキスとプリシラが異常なだけなのである。

ちらり、とエリザは、兄ラドルフが控えている席に目をやった。

目が合った兄は、まっすぐにエリザを見つめて頷いた。

——エリザ、私はお前の味方だ。

そう訴えてくるような優しい眼差しに、エリザは迷う。

（……やはり、お兄様を悪女の兄にするわけにはいかないわ）

そのためには、やはり弁解が必要だ。自分が何故ティアラを投げ捨てたのか、この大勢の前で説明しなければならない。

エリザはその機会を待った。

国王が我に返り、聖堂内のざわめきを鎮《しず》め、声を発するその時を——。


「これが、ゴミ屑ですか」

その時、凛《りん》とした、よく通る男の声が響いた。


国王のものではないその声に、しかし一瞬で聖堂に沈黙が満ちた。

ざわついていた人々が自然と口を閉ざし、マーキスとプリシラですら抱き合ったまま動きを止めている。

エリザは声がした方――客席へと目を向けた。

知らない顔の男だ。

だが、その身なりを見れば、彼が誰なのかは分かる。

（あの方は……）

エリザは思わず息を呑んだ。

身にまとった黒い礼服は、最上の品質で織り上げられたもの。そこに煌《きら》びやかで繊細な黄金の装飾が、嫌味にならない程度にちりばめられている。主催国に配慮して控えめにしたのだろう品のよさが窺《うかが》える装いだ。

しかし、彼の胸元を飾るブローチは、この世界で最も有名な宝飾品の一つである。

中央の大きな赤い宝石は〝百カラットもあるピジョンブラッドのルビー〟だというのは、エリザも知る有名な話だ。神話の時代から存在したと語られるその宝石は、遠くから見ても眩《まばゆ》い輝きを放っていた。

だが、それ以上に特筆すべきは、身につけた本人の美しく高貴な容姿だろう。

黒曜石のような黒髪に、青と赤のあわいの色を持つアメジストのような不思議な瞳が、創造神が手ずから彫り出したと囁かれる理想的な顔立ちに最適な彩色を施している。

（……ディミトリア帝国のアレクサンドル殿下だわ）

隣国の皇太子――式に参列した周辺国の要人の中で、最も身分の高い相手だ。

切れ者であるだけでなく武芸においても天賦《てんぷ》の才がある彼は、〝ディミトリアの貴剣〟と呼ばれている。身分の高い参列者たちに囲まれていてなお、その醸《かも》し出す気品から、一際、光を放つように目立っていた。

その彼が、エリザが投げ捨てたはずのティアラを手にしていた。

どうやら投げた先が彼の足元だったらしい。

気づいて、エリザはさっと青褪《あおざ》めた。

（最悪だわ……とんでもない不敬を……）

「エリザベート嬢。あなたの発言の真意を伺いたいのですが」

静まり返る聖堂の中、彼が再び声を発した。

「……真意、ですか？」

自らの失態を内心で嘆いていたエリザは、恐る恐る口を開く。

発言していいものか迷ったが、隣国の格を考えるに、この皇太子はコレニア王国の国王と同等の地位に当たる相手だ。なにせディミトリアは、領土や人口、経済と、何もかもがコレニアの数倍の規模を誇る大国である。その皇太子の質問に答えない方がまずい。

エリザの返答に、彼は「ええ」と首肯した。

「あなたの発した言葉には、二通りの意味があると思ったもので……つまり『国宝があなたの価値観ではゴミ屑だった』なのか、『国宝ではない偽物だったからゴミ屑と言った』なのか」

言われて、エリザは自分が言葉足らずだったことに気づいた。

「……後者ですわ。偽物でしたのでゴミ屑と申し上げたのです。アレクサンドル殿下」

「なるほど。それでこれをお捨てになったのですね……ああ、アレクで結構ですよ。私もこれからエリザと呼ばせていただこうと思っているので」

言って、皇太子――アレクはティアラを片手に、にこりと微笑んだ。

エリザは、彼の言葉に目を瞬く。

「……これから？」

「ええ。これから。もしかすれば、末永《すえなが》く」

怪訝《けげん》そうな顔になるエリザに、アレクは「失礼」と断りながら壇上に上がってきた。

そうして彼はエリザの隣に立ち、国王と王妃へ向かって簡単な挨拶《あいさつ》をしたあと、

「さて、陛下。もし、これが本当に偽物だったら……エリザを私にくださいませんか？」

笑顔でそんな提案をした。

は？　と出そうになる声を、エリザは相手の身分を思い出して何とか堪えた。

「アレクサンドル殿下、その、それはどういう……？」

突然のことに、国王はこれまで以上に狼狽えながら尋ねた。

対して、アレクは、さらりと答える。

「そのままの意味です。マーキス殿下との婚約は解消され、彼女は国外追放……であれば、私がいただいてもよろしいかと思ったもので」

「エリザベートを、ディミトリアに？」

困惑する国王に、アレクは「はい」とハッキリ言った。

「もしこれが本当に偽物なのだとすれば、見分けることができたその鑑定眼は大したものです。有能な人材は、ぜひ我が国としても受け入れたい」

「な、なるほど。人材ですか……」

「ええ。もし彼女が逆に嘘の申告をしていたと判明した場合、十分と感じていただける額の賠償金を私がお支払いしましょう。それであれば、貴国にとっても益のある取引になるかと」

「それは、確かにそうですな」

国王はアレクの言い分に納得してしまったらしい。

その様子に、エリザは堪りかねて「あの！」と声を上げた。

アメジストのような瞳が、エリザに向けられる。角度のせいか、今は青みがかって見えた。

「どうしました、エリザ？」

「当事者である私抜きで話を進めないでくださいませ」

真剣な顔で臆さず告げたエリザに、アレクは目をぱちくりさせた。

それから、くつくつと愉快そうに笑う。

「ああ、そうですね。仰るとおりだ……当事者のあなたの意見は？」

予想だにせぬ流れではある……だが、これは自身の主張を伝える好機だ。

エリザはその場で膝を折り、玉座に向かって跪《ひざまず》く。

そして、淡々と主張を告げた。

「畏《おそ》れながら、私は誓って両陛下の御前で嘘は申し上げません。また、国宝の可能性のある物を粗雑に扱ったりもいたしません」

それからエリザは、アレクが手にしたティアラに視線を向ける。

「こちらのティアラは、皇太子殿下に賠償金をご提示いただかずとも、私の人生に懸けて、間違いなく偽物です。非礼を承知で投げ捨てたのは、偽物を頭に戴いた場合、どのような危険が身に及ぶか分からなかったからでございます」

国王は口を挟まず、エリザの言い分を聞いている。

かつて第一王妃が亡くなった際、毒殺ではないかという疑念の声が上がっていた。それもエリザの主張に真実味を加えている。

「しかし、王太子殿下はそれを本物だと断言し、私との婚約破棄を宣言、同時に私にこの国を即刻出ていけと仰《おおせ》られました……では、私の言葉どおりだったら？　私の他に嘘をついている者がいるのでは――」

「何を馬鹿げたことを！」

大声でエリザの言葉を遮ったのは、マーキスだった。

プリシラを腕に抱いたまま、彼はエリザを不躾《ぶしつけ》に指差す。

「お前が嘘をついているんだ！　性悪の悪女め！」

唾《つば》を撒き散らしながら罵倒してくるマーキスは、明らかに狼狽えていた。

もし、間に国賓のアレクが立っていなければ、彼は力ずくで黙らせようと襲いかかってきたかもしれない。

そんな元婚約者を一瞥《いちべつ》しただけで無視し、エリザは国王へ訴えた。

「……陛下。私は嘘を申しておりませんが、マーキス殿下との結婚はもはや無理かと存じます。アレクサンドル殿下のお申し出を受けるかは、ひとまず置いておくとして……私はこのまま婚約破棄を受け入れ、この国を出て行きます」

「むう……」

エリザの言葉に、国王は唸《うな》った。

これまで本当の娘のようにエリザを可愛がってきた国王だ。引き留めたい様子が、傍目にも見て取れる。だが、馬鹿息子《マーキス》の後先考えぬ発言のせいで、それも難しいことを聡明な王は理解しているようだった。

〝何者か〟の意思が働いた痕跡はあるものの、結果的に現在、エリザの王妃即位に民衆は強硬に反対している。そこに加え、貴族たちが大勢参列するこの儀式で、婚約破棄を大々的にされた以上、エリザの令嬢としての面目は丸潰れである。この国で生きづらくなるのは明白だ。

国王には、それが分かっているようだった。

分かっているからこそ、その親心が彼の首を縦に振らせた。

「……よい。そなたの好きにせよ」

「ありがとう存じます、陛下」

エリザは恭しく首を垂れた。

仕えるべき君主であり父のようだった相手へ別れを告げたのだ。強気でいても、寂しさが込み上げてきた。俯いた顔の中、目の奥が少しだけ熱くなる。

……だが、感傷に浸るのはまだ早い。まだ、やるべきことがある。

エリザは再び面《おもて》を上げると、国王に向かってさらに続けた。

「陛下。こたびの出来事は私事に留《とど》まらず、参列してくださった皆様にもご迷惑をおかけするものです。私の処遇は決まりましたが、どうか一度『本物の国宝』が城内にないか、もしくは持ち出された形跡がないかをお調べくださいませんか」

「エリザベート！　貴様、まだ言うか――」

「そして、もし本物と偽物をすり替えた〝犯人〟と呼べる者がおりましたら、どうかその者に罰をお与えください」

「お前が国宝を盗んだ犯人だろう！　いい加減にしろ！」

脅しにも怯《ひる》まずに言い切ったエリザに、マーキスが激昂した。プリシラをその場に残し、乱暴に詰め寄ってくる。

　エリザはその脅しにも屈しなかった。

　顔を上げたまま、迫りくるマーキスを静かに見据えていた。

……恐ろしくなかったわけではない。

剣術の訓練を真面目に受けてこなかったマーキスだが、肉体的な力は非力な令嬢よりは圧倒的にある。膂力《りょりょく》では、エリザは男に敵わない。

国王が玉座から腰を浮かせ、愚息の名を叫ぼうとする。

しかし、それより早くマーキスは動きを止めた。

制したのは、アレクだった。

エリザに摑みかかろうとしていたマーキスの手首。それをアレクはいつの間にか摑んでいた。しかもマーキスと対照的に、力まず自然体で、涼し気な顔のまま。

「ぐ、ぬ……」

「失礼、殿下。女性に触れるには、いささか殿下のお力が強すぎる気がしたもので」

爽やかな笑顔で、アレクはマーキスの手首からパッと手を離した。

その拍子に、逃れようとした勢いが余って、マーキスはバランスを崩し、よたよたと後退した。警戒して距離を取るマーキスを脇目に、アレクはエリザを背で庇《かば》うように自分の後ろへと下がらせる。

それから彼は柔和な微笑みを浮かべたまま、国王に向かって穏やかに語りかけた。

「彼女の提案、よいではありませんか。もしこれが誰かの仕業なのだとしたら、ハッキリさせた方がいい……そうですよね、陛下?」

◇

コレニア王国の婚約式は、異例の事態に即時中止となった。

そして、エリザの提言を聞き入れた国王の判断により、国宝のティアラが捜索されることになった。

ひとまず他国の要人たちから荷物を検《あらた》めさせてもらい、問題がなければ優先的に解放。その後は国内の貴族たちを同様の流れで解放しながら、並行して城内を捜索していくという流れになった。

エリザも、城の居室で待機するように言い渡された。

扉の外には見張りも置かれている。つまり、実質、軟禁の状態だ。

「疲れちゃった……」

婚約式のドレス姿のまま、戻ってきた居室のベッドに思わず倒れ込む。

緊張が切れたあと、襲ってきた疲労感で起き上がっていられなかったのだ。

ベッドにしがみつくようにうつ伏せになりながら、エリザは深々とため息をついた。

「はあー……ああもう、どうしてこんなことに……私が何をしたっていうのよ……」

今は侍女のマリーもおらず一人きりだ。弱音を吐いたところで、それを拾う耳はない。

エリザは存分に己の境遇を憐《あわ》れんだ。自己憐憫《れんびん》などする方ではなかったが、今はせざるを得なかった。

式の間ずっと堪えていた涙が——悔し涙が、エリザの紅い瞳にせり上がってくる。

涙は弱さとして見られる。だが、幸いここには誰もいない。

(お父様、お母様……私、さすがに泣いてもいいわよね……)

両親が亡くなった時、一人きりの自室の中でだけエリザは泣くことができた。その時を最後に、今日まで辛いことがあっても涙を封印して生きてきたのだ……けれど、我慢してきた結果こんな仕打ちを受けることになるなんて。

涙がエリザの目元に滲《にじ》もうとしたその時、部屋の扉がノックされる音がした。

「エリザ。いるかい?」

聞き覚えのある声に、エリザは伏していた身体を起こす。

「……ラドルフお兄様?」

目元が濡《ぬ》れていないことを指先で確認し、エリザはベッドから下りて扉へと向かった。

扉を開けると、そこには心配そうな顔をしたラドルフがいた。

「大丈夫か、エリザ?」

「ええ——」

エリザは、兄の背後をちらりと見た。

侍従が二人、待機している。

エリザが国宝泥棒と疑われている以上、兄にも見張りが必要なのだろう。

「お兄様……その、申し訳ありませんでした。ルヴィエール公爵家の名に瑕《きず》を付けるような真似《まね》をしてしまって」

「お前が謝ることなど一つもないよ。あれが偽のティアラかどうか……私に見分けることは出来なかったが、自慢の妹が偽物だと言うんだ。私はこれまでもこれからも、お前を信じるとも」

ラドルフは、エリザの頭をぽんぽんと撫《な》でた。

兄からこんな風に慰《なぐさ》められるのは、いつ以来だろう。幼い頃に戻った気分になる。

「というか、エリザ。お前、まだ婚約式のドレスのままじゃないか」

「この部屋の中を捜索するまで、しばらく待たされましたもので。着替えを手伝ってくれる侍女との接触も禁止されてしまいましたしね」

エリザはベッドで伏せていたことを何とか誤魔化《ごまか》した。

着替える気力が湧かなかった、などと言えば、ラドルフを心配させる。自分が弱っている姿を、エリザはこの優しい兄に見せたくなかった。

「まあ、その格好のままでも構わんか……」

「何が構わないのですか？」

一人で納得しているラドルフに、エリザは何事かと尋ねた。

「お前と話したがっている方がいてな。部屋まで連れてくるように言われたのだ」

「でも、お兄様。私はこの部屋から外に出ることを許されておりません」

「それに関しては、陛下にも許可をいただいている。見張りも一緒ならば、問題ないと判断されたようだ」

「なるほど……で、どなたですか？　私と話したがっているという御方は」

「行けば分かる。とはいえ、もう察しはついているんだろう？」

エリザは、否定しなかった。

……きっとあの方だろう。

その予想は、兄に連れられて向かった部屋で答え合わせとなった。


「来てくれて嬉しいですよ、エリザ」

客室の中でも、最も豪華な一室。

そこでエリザを待ち構えていたのは、アレクだった。

彼は侍従に見守られながら、ソファにゆったりと腰かけ、長い足を組み、優雅な所作でティーカップを口元に運んでいた。

これだけで立派な絵になってしまうから恐ろしい。

「お招きいただき幸甚《こうじん》に存じます。アレクサンドル殿下」

「アレクでいいと言っているのにな」

あくまで慎ましい距離感を保つエリザに、アレクは困ったように笑った。

それから彼は、エリザの傍らに声をかける。

「妹君を連れてきてくれてありがとう、ラドルフ」

「いえいえ、お安い御用ですし、こちらこそ殿下には感謝してもしきれませんよ。危ないところでした」

「初めて参列したけど、なかなか刺激的な儀式だったね」

「殿下、茶化さないでください……」

にこやかな笑顔で話すアレクと、気さくに話すラドルフ。

二人の姿に、エリザはキョトンとした。

「あの……殿下は兄をご存じで？」

「ええ。あなたの兄君は、私の友人でしてね……ああ、立ち話も何です。二人とも、座ってください」

アレクがソファを勧めながら言った。

彼と対面する席に腰を下ろして、エリザは隣に座ったラドルフを見る。

その視線から妹の戸惑いを読み取ったのだろう。ラドルフは「本当だ」と頷いた。

「数年前に、ディミトリア帝国に私が留学したことがあっただろう。その時に、殿下には仲良くしていただいていたんだ」

言われてエリザは「ああ、あの時の……」と思い出す。

確かに兄は家督を継いでしばらくしたあと、隣国ディミトリアに視察を兼ねて数ヶ月ほど留学していたことがあった。その間、公爵領の管理はエリザが代理で行っていたため、よく覚えている。

「エリザ、あなたのことはラドルフから聞いていました。とても優秀な妹だと」

「本当に優秀でしたら、このようなことになっておりませんわ」

「そうとも言えませんよ。運が悪かっただけかも」

「お気遣いの言葉、痛み入ります……でも、なるほど。殿下が私をお救いくださったのは、兄のご友人だったからなのですね」

「いいえ。それは違いますよ、エリザ」

「え」

「私はラドルフの妹だからと言って助けるような、情で動く男ではありませんから」

「……では、助けた私が、たまたまラドルフの妹だった、ということでしょうか？」

「あなたはやはり頭がいい」

「兄と何らかの示し合わせがあった……ということもない、と」

「ありませんね」

さらり、とアレクは答えた。

エリザが兄を見れば「私も驚いたんだ」と肩を竦める。

「……では、なぜ私をお救いくださったのですか？」

「私は自他ともに認める勘《かん》のいい男でしてね」

アレクはエリザを見つめて、ニッコリ微笑んだ。

その瞳が、今は赤みがかってエリザには見える。

婚約式の時、この瞳は青みがかって見えたはずだ。

（光の加減かしら。それとも……）

色味を変える不思議な瞳。

エリザは宝石に対するような興味で、こっそりそれを観察する。

その視線に気づいているのかいないのか、

「ティアラを投げ捨てるあなたを見て、掘り出し物を見つけた気がしたんですよ」

アレクは、エリザから目を逸らさずに、悪戯っぽくそう言った。

高位の身分の相手だとはいえ、物扱いされては面白くないと感じる者もいるだろう。

しかし、エリザには、むしろ清々《すがすが》しく感じられた。

下心のない本音なのだと分かりやすく伝えられて、嬉しかったのもある。

この方は自分のことを優秀な人材として欲してくれたのだ、と……それは、この国の王太子からは一度たりとも与えられたことのない、評価される喜びだった。

「で、賭けたくなったのです。あなたと、自分の勘に——でも、エリザ。あなたのは勘ではありませんでしたよね？」

ティアラの話だ、とエリザは思った。

そもそも、これが彼にとっての本題であり、助けてくれた理由だろう、と。

「はい。勘ではありません。勘よりも、もっとはっきりした条件に基づく〝鑑定〟です」

「面白い。やはり賭けてよかった」

非礼と取られる可能性のあるエリザの言葉に、しかしアレクは上機嫌になった。

この皇太子がなぜ兄と仲良くなったのか、エリザには分かった気がした。

女のくせにとか、言い方が尊大だとか……そういう表面的な部分にはさして興味がなく、物事の本質を見ようとしている。

いずれこの人が治めることになる隣国に、エリザは少し住んでみたくなった。

「ではエリザ。どうやってあのティアラが偽物だと判別できたか、その条件を聞いても？」

エリザはわずかに考えたのち「はい」と答えた。

元々は、コレニア王国のための研究で見つけた判別条件だ。

だが、今のエリザは、その王国の次期国王から国外への追放を言い渡された身である。

ラドルフもそれをよく理解した上で、エリザをこの隣国の皇太子の元に連れてきたのだろう。つまり、鑑別の方法を話してしまってもいい、と兄もすでに判断しているということだ。

であれば、エリザには回答を躊躇《ためら》う理由などない。

「殿下。国宝になるようなティアラの中で、最も価値が高い部分はどこだと思いますか？」

「部分……となると、やはり宝石かな」

「はい。そして我が国の国宝は、特に中央に据えられたダイヤモンドが大きな価値を持つティアラです。そして、私が見分けたのも、そのダイヤの真偽でした。偽のティアラは、そのダイヤが〝輝きすぎていた〟」

「輝きすぎ……？」

「私たちが見ている宝石の輝きは、光が宝石の内部に入り込み、屈折、反射、分散などした結果の産物です。その光がどう見えるかは、原石と研磨の技術や加工した形状によります……偽のダイヤは、主に石の性質が天然の原石と異なり、人工的だったからでしょう。本物に比べて、虹色の輝きが強く出すぎていたのです」

目を瞬くアレクに、エリザはそう説明した。

宝石は、原石を削ったり磨いたりして、大きさと引き換えにその輝きを得ている。

だが、同じような形に加工したとして、同じような輝きが得られるとは限らない。その原石そのものの性質が異なれば、なおのことだ。

「加えて、天然の宝石と異なる〝不純物が一切混じらない透明感〟が作り物めいていたこと、本物に比べて〝暗がりでは輝きが弱まった〟こと……以上の点から、あのティアラは偽物だと判断しました」

自分の頭からティアラをむしり取った際、エリザは聖堂に入り込む光に翳《かざ》してその内部の不純物を確かめた。さらにそのあと、自分の身体が作る影にダイヤがかかるようにして観察した。

そうして確信を持ってから、ティアラを投げ捨てたのである。

「なるほど、理路整然としている」

エリザの答えに、アレクは満足そうに頷いた。

「しかし、それをあの一瞬で見分けるのは簡単なことではありませんよね？　それこそ勘に近いのでは」

アレクの言うことは正しい。

実際この条件を知っていたとしても、宝石商など眼識のある者でないと、見分けるのは至難の業だ。簡単だったなら、婚約式の場で証明ができていたことだろう。

エリザは困り果てた。

それが私には可能なのです……そう説明をしたところで、会ったばかりの相手に信じてもらうのは難しい。

「……そう仰られると、言葉に窮《きゅう》してしまうのですが」

「勘がいいというのは、様々な条件を一瞬で計算しているかららしいですよ」

アレクが、エリザを見てにっこりする。

「信じてくださるのですか？」

「まず、そこまで条件が明確になっているのでしたら、遅かれ早かれあのティアラの真贋はハッキリするでしょう。国王陛下も王室が贔屓《ひいき》にしている宝石商を招聘《しょうへい》して鑑定させると言っていましたから。安心しましたか？」

「いえ……宝石商が結果を偽る可能性もあります。あってはならないことですが」

「やっぱり、それだけじゃ安心できませんよね」

「え？」

「次期王妃のあなたの失脚を望んだ者がその宝石商と結託していた場合、求める結果は得られません。ですので、宝石商は複数招聘してはどうか、と私から陛下に提言させてもらいました。必要なら我が国からも専門家を呼び寄せます、とも」

「……失礼を承知で申し上げますが、殿下は犯人から除外されたのですか？」

「はい。一番最初に調べられましたからね」

ですよね、とエリザは内心で思った。

要人の中でも最重要である隣国の皇太子だ。国際問題にならぬよう除外される可能性もあったが、しっかり調査を受けたらしい。

「では殿下がまだ我が国に留まっていらっしゃるのは――」

「あなたを待っているんですよ」

それが当然のことのようにアレクは言った。

やはりそうか、とエリザは婚約式での一幕を思い出す。彼は「エリザを私にくださいませんか」と言っていたが、本気だったのだ。

「国宝が見つかればよし。そうでなくとも、あなたへの疑惑を晴らしてからの出立にしたいと思いましてね」

「あの……確かにこの国を出ていくとは申し上げましたが、殿下のお申し出を受けるかについては留保していただいていたはずです」

ディミトリア帝国にエリザベートを受け入れたい――婚約式でアレクは国王にそう提案した。だが、エリザはそれに了承していない。

「畏れながら、疑惑が晴れた場合、一度領地に戻ってから、どの国に移住するかを考えたいと思っていたのですが」

「ルヴィエール領には、もう戻れないだろう」

エリザの考えに異を唱《とな》えたのは、ラドルフだった。

寂しそうな顔で、彼は理由を説明する。

「この城から安全に他国へ行くには、アレクサンドル殿下の馬車に乗せていただくしかない」

「それは……私の命が狙《ねら》われる可能性があるから？　それとも、私が戻ることで領地が危険に見舞われるからですか？」

「お前は聡《さと》い子だな。そう、どちらもだ……すまないな」

ラドルフがため息をつきながら、エリザの頭を撫でた。

自分が民衆に命を狙われるなら、それを匿《かくま》う領地も反乱の憂き目に遭《あ》いかねない。エリザは唇を引き結んだ。不甲斐なさが込み上げてくる。

「お兄様、謝らなくてはいけないのは私の方です。領地までも巻き込んでしまって……でも、それなら殿下は、私を馬車に乗せたりして大丈夫なのですか？　危険に晒される可能性があるのでは――」

「ああ、そうなったら戦争ですよね」

アレクが、当然のことのように言った。

「コレニア王国には、帝国とやり合いたい血気盛んな国民が多いのですか？」

エリザは黙るしかなかった。

帝国と戦争などすれば、この国は早々に吹き飛ぶだろう……それは、もはや国民の中に常識として擦り込まれている価値観だ。

つまり、エリザ如《ごと》きのために帝国の皇太子が乗った馬車を襲撃するような愚かな民はいない、ということだ。

「エリザ。帝国までの道中は、私があなたの身の安全を保障します」

アレクの言葉は、自信に満ちていたが、誠実だった。

護りきる自信があるのだ。〝ディミトリアの貴剣〟と呼ばれるほど数々の武勲を立ててきた者のその言葉に、エリザの不安も和らぐ。

「殿下にお任せすれば大丈夫だ。お前は、ここに来た時の荷物を持って向かいなさい。必要な荷物は追って屋敷から送ろう」

「……分かりました。でも、国宝が見つからなかった場合はどうなります？　殿下もあまり長くは留まれないのでは」

「心配しなくても大丈夫だと思いますよ。だって――」

アレクがエリザに理由を説明しようとした、その時だった。

部屋の扉が叩《たた》かれた。

「――ほら、来た」

アレクの意味深長な言い方に、何が？　とエリザは眉を顰める。

侍従が扉へ向かい、開けると、そこに王太子マーキスが立っていた。

アレクの許可を待ち、彼は室内へ緊張した様子で入ってくる。

その彼に続く近侍が、後ろ手で拘束した一人の侍女を連れてきた。

「……マリー？」

エリザは、思わずその名を呼んだ。

連れてこられたのは、この城に来るたびに身の回りの世話をしてくれていた侍女のマリーだった。

「報告いたします！　城内の一室で、その……本物のティアラが見つかりました！」

「ああ、よかった。そろそろかと思っていたんです。で、そちらの女性は？」

にこにこして尋ねるアレクに、マーキスが険しい顔をマリーに向ける。

「この侍女こそ、ティアラをすり替えた犯人です。『悪女』の手下と呼ばれるのが嫌だったようでして、エリザベートを陥れようとしたらしいです」

「なるほど。では、その者が然《しか》るべき罰を受けるのですか？」

「はい！　こやつは私が責任を持って処刑いたします！」

アレクに問われ、マーキスは胸を張って言い切った。

すると、それまで俯いていたマリーがギョッとしたように顔を上げた。

「そっ、そんな！　マーキス殿下、話が違います！」

「うるさいぞ罪人！　アレクサンドル殿下の御前で口を利くな！」

「構いませんよ」

言い合いを始めたマリーとマーキスは、アレクのその穏やかな口調で黙った。

「犯人の言い分も聞こうじゃありませんか……ねえ、エリザ？　あなたも聞きたいのでは？」

そう言われて、エリザは静かにマリーを見つめる。

マリーは怯えたような目でエリザを見つめていた。彼女は頬《ほお》を引きつらせながら必死で笑みを作り、縋《すが》りつくように言う。

「ち、違いますエリザ様。私ではありません。信じてくださいますよね……？」

「……信じるわ」

「本当ですか！」

エリザの言葉に、マリーはぱあっと顔を明るくした。

だが、それも一瞬のことだった。

「ええ。私は自分自身の目と耳を信じます」

「へ……？」

「プリシラが王妃になったら侍女長にしてもらう……あなたが彼女とそう約束していたのを、私、この目で見て、この耳で聞いたわ」

淡々と口にするエリザに、マリーの顔が凍り付く。

エリザには、最初からこの侍女がプリシラの腹心であると分かっていた。

プリシラが城に住む以前は違ったのかもしれない。一年前は、確かにマリーはエリザの味方だったのだろう。

けれど、今回の登城の際、エリザは彼女に違和感を覚えた。

エリザは小さな変化に敏感だ。

とりわけ自分に向けられた嫌悪感や敵意は、本物のダイヤと偽物とを見分けた時のように、一瞬でそれと分かる。

マリーは、エリザを憎んでいた。

彼女の視線、触れ方、向けられた笑顔……それらが、この侍女が負の感情を隠しているとエリザに知らせた。

だから、それとなく城の中で彼女の動向を探った。

そうして見つけてしまったのだ。プリシラとマリーが密談している現場を。

「ああ……そんな……」

マリーは誤魔化しきれないと理解したのだろう。エリザに擦り寄るのをやめ、力なく項《うな》垂《だ》れる。

だが、次の瞬間、彼女は矛先《ほこさき》を変えて抵抗し始めた。

「マーキス殿下、嘘をつくなんて酷《ひど》いです！　大人《おとな》しく犯人として名乗り出れば、何とかしてやると仰ったではありませんか！　それを処刑だなんて！」

「ええい、お前こそ嘘を言うな！　アレクサンドル殿下、御見苦しいところをお見せして申し訳ありません！　こやつはすぐに処罰いたしますので！　では――」

「お待ちください」

罵《ののし》り合った末にマリーを近侍に引きずらせ、逃げるように部屋から出て行こうとしたマーキスを、アレクの一声が引き留めた。

青みがかった冷たい光を宿した瞳が、振り返ったマーキスをその場に縫《ぬ》いつける。

「な、なんでしょうか？　まだ、何か……」

「王太子殿下、エリザに謝罪すべきではありませんか」

「エリザベートに、謝罪……？」

「彼女は濡《ぬ》れ衣《ぎぬ》を着せられたわけです。謂《いわ》れなき婚約破棄に、国外追放……謝罪したところで到底許されるものではないでしょうが、それをしないのは人としてどうかと思います……そちらの方がよほど見苦しいのでは？」

一瞬で空気が張り詰める。

それまで温かい陽だまりのようだったアレクの雰囲気が、凍てつく冬の冷気のようになっている。

庇われている側のエリザも、自然と身震いしてしまった。

（やっぱり、この方は〝本物〟の王の素質を持っている……）

大国を統《す》べる皇帝になる人なのだ、とエリザは根源的に分からせられた。

それは、かつて国宝のティアラを初めて目にした時と同じような感覚だった。本物には、偽物にはない、歴史を積み重ねたような重みがあるのだ。

「……すまなかった、エリザベート」

マーキスはそう一言、絞り出すように口にした。

謝罪するのがよほど嫌だったのだろう。まったく誠意が籠もっていない一言ではあったが、嫌々ながら必要に迫られそうするしかなかったマーキスに、エリザは胸が空《す》くような思いがした。

彼に謝られたことなど、出会ってから十数年の間で初めてだったのだ。

「やはり、あなたに賭けてよかった」

マーキスたちを部屋から出したあと、アレクはにこやかにそう言った。

ラドルフは国王の元に向かった。

この場で起きたやり取りについて知らせるためだ。マーキスが虚偽を申告する可能性があったので、先手を打ちに行ったのである。

加えて、国宝のティアラが本当に戻ったかどうかも確認するようだった。

ラドルフも、エリザのように一瞬では無理だが、ある程度、宝石を見分ける眼がある。本物と偽物を並べれば判別できるだろうとのことだった。

「あの、殿下……どうして、そろそろ報告が来ると分かったのですか？」

アレクと二人きりになったエリザは、気になっていたことを尋ねた。

侍従も今は席を外している。一段落ついたので、紅茶のお代わりを取りに行くよう、アレクが頼んだのだ。

「ああ。すり替えた犯人があの王太子だからです。あと、その愛妾もですね」

エリザの疑問に、アレクは事も無げにそう答えた。

「……なぜご存じなのですか？　勘ではありませんよね」

「婚約式であなたを詰《なじ》っていた王太子と、無礼にも壇上に上がってきた愛妾。二人のわざとらしい発言。そして、今しがたの王太子と侍女の話から判別したまでです。あなたが偽ダイヤを見分けたようなものかな」

「では、報告が上がるタイミングはなぜ――」

「犯人が小物だと思ったから、ですね。こっちは、賭けに勝っただけ」

「賭けって……まさか、マーキスの性格を見越していらしたの？」

「ああ、そういう名前なんですね、彼。あなたが国王に『罰してください』と言ってくれたので、小物はすぐに動くと思ったんです」

「名前……小物……」

エリザは堪え切れず、ふっ、と笑いを零してしまった。

溜飲が下がるような、得も言われぬ感情が湧いてきたからだ。

「……私の名前は覚えていてくださったのに」

「興味がない相手の名前は、いちいち覚えていられないんですよ……でもエリザ。あなたは違う」

アレクはソファから腰を上げると、エリザの前にやって来て、すっと跪いた。そうして、赤と青のあわいの瞳でエリザを見つめながら、その手をそっと取り、甲に口づける。

「ではエリザ。約束どおり、あなたをいただいていきます」

アレクはそう言ってニッコリと微笑んだ。

女を虜《とりこ》にさせる完璧な所作だった。

だが、エリザは冷静だった。

「隣国より遠路はるばるお越しくださった上、このようなご厚情を賜《たまわ》り感謝を申し上げますわ。不束者《ふつつかもの》ではございますが、何卒よろしくお願いいたします」

頬を染めることもなく、ときめき狼狽《うろた》えることもなく、エリザはただ淡々と答える。

それが珍しいことだったのか、アレクはキョトンとした。

「……なるほど。一筋縄ではいかない方のようだ」

くすりと笑いを零したアレクに、エリザは内心でため息をつきながら思った。

……この皇太子こそ一筋縄ではいかなそうだ、と。

エリザの出立は、婚約式の翌日のこととなった。

物事がはっきりしたのだから長居は無用だ、とでも言うように、アレクは帰国の日取りを早々に決定してしまった。

そもそも、いつでも帰国できるような状態だったのだろう。

そしてエリザも、いつでも出立できる状態だった。

実は、城へと持ってきた荷物など、ほとんどなかったのだ。

婚約式を済ませ城に住み始めたあとに、領地の屋敷から荷物を送ってもらう手筈《てはず》だったためである。その荷物をそのまま隣国へと送ることになるとは、領地を出てくる前のエリザは考えもしなかったのだが……。


出立の時間には、まだ朝の爽やかな空気が残っていた。

馬車へと向かうエリザの服装は、城へ登城した時と同じ黒を基調にしたドレスだ。

ただ、控えめだった装飾品の中に、一つだけ立派なものが混じっている。

エリザは左手の小指にルビーの指輪を嵌めていた。

国王が、エリザがいつか王妃になった時に渡そうと用意してくれていたものだ。元々は第一王妃の指輪だったが、それを仕立て直したものだという。渡す機会が今後なくなってしまったので、国王は国を出るエリザに花向けとして贈ってくれたのだ。

見送りは、兄だけである。

それはエリザの希望だった。

散々、婚約式で悪目立ちしてしまったため、人目につきたくなかったのだ。

……ひっそりと旅立ちたい。

その希望をアレクは汲《く》んでくれた。

近隣諸国の中でも特に重要な隣国の皇太子の出立である。本来ならば盛大な見送りがいたであろう数台の馬車の周りには、馬車の御者《ぎょしゃ》を始め、彼が隣国から連れてきた従者たちしかいない。

アレクは、一際豪奢《ごうしゃ》な馬車の扉の前に立っていた。

鞄をラドルフから受け取り、エリザはアレクに向き合う。

「ではエリザ。行きましょうか」

「ええ――」

不意に郷愁が胸を過《よぎ》り、エリザは城を振り返った。

もう二度と戻ることはない場所だ。あの部屋にも……そう思いながら毎年城での時間を過ごした居室を見て、エリザは硬直した。

庭園を眺めるエリザがかつて立っていた居室の窓辺。

そこに、今はプリシラが立っていた。

プリシラはエリザの視線に気づいたのか、ニヤリと勝ち誇ったような笑みを浮かべる。

だが、後ろからやって来たマーキスに抱きしめられると、部屋のカーテンをシャッと閉めて姿を消した。

(私は、奪われたのね。立場も、居場所も……何もかも……)

そう思った瞬間、諦観に沈んでいたエリザの中から、ふつふつとした感情が込み上げてきた。それは現状をただ受け入れようとしていたエリザに、前向きに足掻くための力を与えた。

自分にはもう、何もない。

ならば、もう恐れることもない。

「――その前に」

馬車の中へと誘《さそ》うアレクに、エリザは向き直る。

そして、その場で立ち止まったまま強気に切り出した。

「アレクサンドル殿下。私、〝物〟ではありませんの」

エリザのその言葉に、背後でラドルフが天を仰ぐ。それから「殿下、申し訳ありません……」と諦めたように呟いた。

昨日、あれからエリザは考えたのだ。

自分がこれから向かうのは、何の後ろ盾もない土地。いくら皇太子が兄の友人であろうと、今後あちらで無事に暮らしていける保障はない。隣国でも祖国と同じようなことになれば、それこそ人生が詰んでしまうかもしれない、と。

「私は、何かあなたの気に障《さわ》ることを？」

「いいえ。そのようなことは、何も。ただ、殿下は私を『掘り出し物』と仰っていたので」

「確かにそう言いましたが……？」

アレクは興味深げに首を傾げている。ひとまず話を聞いてくれるらしい態度だ。

エリザは、小さく深呼吸をした。

人生を切り開くには、何かを得るには、多少の勇気が必要だ。

目の前の皇太子が、エリザを得るために、己の勘に賭けたように……。

「私は、確かに『掘り出し物』ですわ」

臆せず強気なまま、エリザはアレクにそう告げた。

アレクは少し驚いたように目を見開いた。日差しを取り込んだ瞳は、微かに赤みを帯びて見える。

……やはり、とエリザは確信した。

どうやら彼は、感情の変化が瞳に出るらしい。

その感情が否定的なものなら青、肯定的なものなら赤というように、色味が変わって見えるようなのだ。とはいえそれは、類まれなる宝石の鑑定眼を持つエリザのような人間でないと分からないほどの微細な変化である。

それによると今、アレクは機嫌がいい瞳の色をしていた。

エリザはそれを確かめてから、続きを話す。

「でも、物ではない私には、意思や願望があります」

「あなたの話が読めてきました……が。どうぞ、まずは皆まで聞きましょうか」

「私は『掘り出し物』として貴国のお役に立つでしょう。しかし、私は祖国の次期王妃の身分を失いました。さらにこれから祖国を離れ、これまでのような暮らしを失います。殿下に助けていただいたことには大変感謝しておりますが、それだけでは釣り合いが取れていない……そう思いませんか？」

「なるほど、それもそうだ。では、あなたの考える釣り合いの取れた条件とは？」

「私の願いを叶えてくださいませ」

「それはどんな願いですか？」

「私が願うどんな願いでも——全部ですわ」

エリザは、思い切ってそう告げた。

……できるだけ今後の自分にとって有益な条件を引き出したい。

そう思ったエリザは、交渉において自分が望む条件を手にするために最初は最大限の条件を提示する……という方法を使うことにした。そこから少しずつ譲歩していけば、より良い条件に落ち着くことが多いからだ。

つまり、この最大限の条件が通るとは、エリザも思ってはいない。

全部は無理ですね、と言われるか、あるいは不興を買うか……そんな風に、次の一手に思考を巡《めぐ》らせていたエリザに対し、アレクは表情を変えずに口を開く。

「構いませんよ」

赤みを帯びた瞳のまま、彼はそう言ってエリザに頷いてみせた。

えっ、とエリザは声を上げそうになる。だが何とか心のうちに留めた。

（待って……私から言っておいてなんだけど、どんな願いでも叶えるなんて約束、一国の皇太子が交わしていいもの？　私が国でも強請《ねだ》ったらどうするのよ⁉）

想定外のアレクの答えに、エリザが平静を装いながら、内心とんでもなく動揺していた時だった。

「ただし、あなたが、その願いを叶えるに相応しい有能な働きをしてくれれば、ですが」

アレクが笑顔で言い足した言葉に、エリザは一瞬固まったあと心からホッとした。

だが、同時に不安が過る。

あまりに尊大な物言いで破格の条件を求めたことで、彼を怒らせたのかもしれない……

そうエリザは思ったのだが、細められた彼の瞳の色はまだ赤みがかったままだ。彼の機嫌を損ねていれば、瞳は青みがかると考えていたのだが……。

（渋めの返答のわりに、機嫌は悪くなさそうね？　ということは、瞳の色が変化する条件を間違えたのかも。赤は肯定的な感情ではなく――）

「我が国に着くまで、時間はたっぷりあります。続きは、馬車の中でしませんか？」

促すように、アレクはエリザに手を差し出す。

潮時だと感じたエリザは、立ち止まっていた足を前に進め、彼の手を取った。

引き寄せられて、互いの身体が近づく。

その瞬間、エリザはアレクの瞳の奥を見て、理解した。

（――違う。この方、私との交渉も楽しんでいらっしゃるんだわ）

肯定的な感情のまま、彼はエリザの強気な発言を受け流したらしい。

それだけ、この皇太子には余裕があるということだ。交渉事にも慣れているのだろう。

（ボンクラ王太子と違って、油断ならないお方のようね……）

内心を悟られないように、エリザはステップに足をかけ馬車に乗り込んだ。

座り心地のいいクッションに腰を落ち着けると、アレクが斜向《はす》かいに座った。

ぱちりと目が合う。ニッコリされた。

（……自国より、やりにくいかもしれないわ）

馬が動き出す。

馬車の車輪が回り始める。

窓の外を、思い出深い祖国の景色が、後方へと流れてゆく。

それをぼんやりと眺めながら、エリザは小さくため息をついた。隣国で始まる人生のことを考えるも、今はただ、祈ることしかできない。

……あちらでは、どうか変なことになりませんように、と。

第二章　呪いの首飾り

ディミトリア帝国。

コレニア王国の東部に広がるこの大国は、世界最大の宝石産出国でもある。

というのも、大陸の南北を走る巨大な山脈を領土に持っているため、鉱山資源が豊富なのだ。さらに、それを輸出するための海路も保有していることから、宝石はこの国の主要な経済資源として数えられている。

それ以外の資源も豊富だ。

領土が広いことに加え、農耕に適した肥沃《ひよく》な土地が多いのである。

そもそも、元々は諍《いさか》い合っていた複数の国を一人の偉大な王がまとめ上げたのが、この広大な帝国の起こりだ。それぞれの国にはそれぞれの資源があり、その奪い合いが諍いの原因だったのだが、すべての国の王が認める、王の中の王――〝皇帝〟が平定し、以来、三百年以上もの長きに亘《わた》り、一つの国として存在している。

「あとどれくらいかかりますの……？」

エリザは、うんざりしながら口にした。

馬車でコレニア王国の城を出て、街道を伝い、帝国領へ入るまでは二日ほどで済んだ。だが、そこから既に三日が経過している。

休み休みではあるが、しかしそれでもあまりに目的地が遠い。

「帝都まで、まだ三日ほどかかりますね」

エリザの斜向かいに座っているアレクが、さらりと答えた。

まるで出発したての時のような余裕のある様子に、余裕がなくなってきたエリザは感心してしまう。

「殿下は平気ですのね……」

「慣れていますからね。お疲れでしたら馬車を止めましょうか？」

「いえ、大丈夫ですわ」

「眠ければ肩をお貸ししますので、いつでも言ってくださいね」

「……お気遣いなく」

微笑むアレクに、エリザは冷たく答えた。

からかわれているらしいことは、アレクの目を見れば何となく分かる。

馬車の窓から入り込む日差しで、彼の瞳が輝いている。今は、それがほのかに赤い。

（……やっぱり、機嫌がいい時は赤くなるのね）

アレクの瞳を見つめたまま、エリザはぼんやりと考える。

ここまでの道中、彼の瞳はほとんどが青と赤の中間で、ともすると紫色に見えていた。

それが時々こんな風に赤みを帯びる。

しかし、青になったのは出発前だけだ。

マーキスに謝罪をさせた時。

そして、婚約式で壇上へと現れ、エリザを庇ってくれた時。

(ではあの時、瞳が青みがかっていたのはなぜ――)

「私の顔、何かついていますか？」

アレクが不思議そうに小首を傾げながら言った。

じっと見つめていたエリザは、彼のその言葉に我に返る。

「……失礼いたしました。窓の外を眺めるのに飽きてしまって」

「なるほど。でも、旅路を満喫できるのも今のうちですよ。城に到着したら、しばらくはこんな風に外を回ったりなどできないでしょうから」

「それもそうですわね……」

帝国到着後の自分の処遇を思い出し、エリザは納得する。

今後、エリザは帝国の城で暮らすことになるという。

その理由は、エリザがコレニア王国の王太子の婚約者だったからだ。

婚約式が途中で取りやめになったため公式には異なるが、次期王妃候補だったことには変わらない。それゆえ、帝国内外の他の貴族に政治利用されたり、暗殺されるといった可能性がある……と、国境を越える前に、エリザはアレクから説明されていた。

結婚するはずだった王太子から、エリザは国外追放を言い渡された身だ。にもかかわらず、アレクは丁重に扱おうとしてくれている。

（……殿下が勝手に仰っているだけでは）

ふと、エリザの胸に不安が過った。

アレクは、エリザを城に歓迎しようとしてくれている。

だが、果たして、城の他の住人――もっと言えば、皇帝や皇妃を始めとした皇族の方々は、今回の件について了承しているのだろうか。

（藪蛇《やぶへび》になる可能性もあるし、この際、聞かなくてもいいわね。もし城に住むことを拒否されたら、その時は宝石商にでもなりましょう……で、コレニア王国に売りつけに行く、と）

エリザは、そんな風に駄目だった時の想定をする。

物事が期待したとおりに進まないことは、よくあることだ。

一生を捧げるはずだった祖国から、自分がこうして離れることになったように……。

——アレクが言ったとおり、それから馬車の旅は三日ほど続いた。

その間、エリザには、アレクについて分かったことがある。

やはり彼には、賢い統治者としての素養があるらしい。

馬車が休憩のために立ち寄った先々で、彼はその土地の人々の話を聞いていた。

その姿から、かつて複数の国を一つにまとめた偉大な王が、猛々《たけだけ》しい力ではなく、賢く柔軟な頭の持ち主だったことを、エリザは思い出した。

実際アレクは、民から慕われているようだった。

にこやかに話す彼に、言葉を交わす人々も笑顔になってゆく。

「殿下は、よくにこにこされていますよね」

再び馬車が動き出したあと、エリザはそう尋ねた。

「ああ。そういえば、そうですね……エリザはあまり笑いませんね？」

「苦手なのです」

「笑うのが？」

「……私が笑うと、皆が怖がるので」

「怖い……？」

不可解だというように、アレクは目を瞬いた。

「可愛かったと思いますけどね」

「え？」

「王太子の名前を私が覚えていないと言った時、笑ったでしょう？」

言われてエリザは思い出す。

確かにあの時、思わず笑ってしまった。

「……不快に思わせていたら、申し訳ありません」

「可愛かったと言ったのに。花が綻《ほころ》ぶような……いや、宝石が煌めくような、かな。可憐な笑顔で、とても魅力的だったと――」

「嘘を仰らないでください」

「嘘ではないのですけどね」

頑ななエリザに、アレクはふっと困ったように微笑む。

「しかし、弱りましたね。笑顔は対話の上で重要な技術でもある」

「それは……仰るとおりです」

エリザ自身が痛感していることだ。

魅力的な笑顔は、他人との間にある透明な壁をなくして、互いの距離を縮めることに寄与する。アレクを見ていれば、それがよく分かる。そしてプリシラにもできたそれが、エリザにはできなかった。そのことをエリザ自身が悔やんでいた。

「もし笑顔が必要な状況になったら？」

「善処いたしますわ」

「では、笑ってみてください。今」

「え……」

「ディミトリア帝国の皇太子としてお願いしています」

「……殿下のご用命でしたら」

生まれながら命じることを許された者の言葉に、エリザは小さくため息をついたあと、覚悟を決めて微笑んだ。

頬が引きつっているのが分かる。目元もぴくぴくと痙攣《けいれん》して抵抗を試みている。民たちが悪魔だの死神だのと評していた笑顔の出来上がりだ。

アレクも、この笑顔は想定外だった、というような顔になった。

「こほん……これで私の苦慮を信じていただけましたか？」

「……おかしいな」

「ですからそう申し上げましてよ」

「いや、可愛かったはずなんだ。今のは、もしかしてわざと……？」

「殿下。今のが、私の全力の笑顔ですの。さすがにそのご発言は看過できかねますわ」

エリザは不機嫌を露《あら》わにして言った。

命じられて、半ば無理矢理に苦手なものを見せた。なのに、信じてもらえない。それなら何のためにやったのか、という徒労感も苛立《いらだ》ちに拍車をかける。

と、アレクが頭を下げた。

「すまなかった。今のは、完全に私が悪い」

「ちょっ……殿下、頭をお上げください――」

ギョッとしてエリザは身を乗り出す。

瞬間、馬車の揺れで、バランスを崩した。

「きゃっ」

「おっと」

前のめりに崩れ落ちるエリザを、アレクが受け止めた。

馬車の中、抱き合う形になる。

「も、申し訳ございません……！」

「構いませんよ。それより、怪我《けが》はない？」

「ええ、ありません。助けてくださって、ありがとうございました……………………あの、殿下？」

手首を摑まれて身動きが取れず、エリザは困惑の声を上げた。

腕に抱かれたまま、犯人であるアレクを見る。

と、彼は真剣な顔で口を開いた。

「あなたは、微笑まずとも可愛いです」

「……はい？」

「『可愛かったはず』などと、まるで笑わなければそうではない、とでもいうような誤った発言をしてしまいました。看過できずとも仕方ありませんよ」

「いえ……それは、別に気にしておりませんが……」

「無理に笑顔を作らせたのに、それを否定してしまいました」

「それは……はい」

「すみませんでした。笑顔を作ってもらうのではなく、ちゃんと笑顔にさせます」

「え？」

エリザの疑問の声に、アレクは見事な笑顔で応えた。

見る者を魅了するであろうその眩しさに、ただ感心するばかりだった。どうしたらこんな風に如才なく微笑めるのかと、それが上手くできない身であるため、羨ましくさえ思ってしまう。

「わざわざ殿下にしていただくようなことではございませんわ」

「祖国を離れて異国の地で暮らすのです。あなたが笑顔で暮らせるように配慮するのは、連れていく者として当然のことかと」

「殿下はお優しいのですね。そう言っていただけるのは、ありがたいことです」

……こういう時に、彼のように微笑めたらいいのに。

エリザはそう思いながら、上手く上がらない口角を隠すように会釈《えしゃく》して話を終わらせた。

今後に不安がないと言えば嘘になる。

そして、身近に頼れるのはアレクだけだ。

異国の城の中で味方が、しかも皇太子のような強力な後ろ盾がいるのは、非常に心強いことだった。なのに、自然な微笑みを浮かべられないだけで、素っ気ない返答になってしまう。

（ここまでの感謝も伝えきれない……やっぱり、どうにかすべきだわ）

苦手だからと言って、避け続けてはいけない。

そう思い、エリザは決意した。

帝国での生活では、できる限り周囲に対して微笑んでいこう、と。


――それからしばらくして、馬車は帝都へと入った。

コレニア王国の王都より、全体的に建物が大きく道幅が広い。

その道の両側に、アレクの帰還を喜ぶ民たちが押し寄せている。彼の人徳を象徴するかのような人だかりだ。

笑顔で手を振るアレクに、民衆は老若男女問わず、とろけてゆく。

だが、その馬車に同乗しているエリザの微笑みを見てギョッとする。

「……悪魔？」

「あれが噂の〝悪女〟か」

「なんと恐ろしい……」

震え上がる民たちの中、ぽつりぽつりと呟きが上がった。

◇

帝都の中央に、皇帝の住まう城がある。

馬車から下りたエリザは、その巨大な建造物を見上げて嘆息した。

「すごい……」

通過した門から到着まで時間がかかったので、敷地が広大なことは体感で分かった。遠くから城も見えていたし、祖国のものより立派だという話も兄から聞いたことがあったので、ある程度の想像はできていた。

だが実際、現地で見上げてこそ理解できるものがある。

「どうですか、我が城は？」

「コレニア王国の城、三つ分はありますわね……迷子にならないか、少々不安です」

「あなたが迷子になっても、すぐに見つけるのでご安心を」

「仕事を任せたい時にいないと困るから、ですわよね」

「見込んだとおりだ。よく理解されていますね」

「ええ。殿下が私をからかって楽しんでいることも、存じ上げております」

エリザの指摘に、アレクは両の眉を上げた。

驚いたらしい。

だが、彼はすぐに満足げな顔になった。

「なるほど。どうりで、あなたの反応が皆とは違うわけだ」

「殿下。差し出がましいかと存じますが、あまり臣下をからかうのは感心いたしませんわ」

「からかっているのは、あなただけですよ」

エリザはアレクを見返した。

微笑みの中、瞳はいつもどおり青と赤のあわいの色のままだ。嘘ではないらしい。

「どうして私だけなのですか？」

「今みたいに、思ったことをハッキリ言ってくれそうだから、かな……さ、行きましょうか。エスコートは――」

「必要ありませんわ。私は、客人ではありませんから」

「そうですね、あなたは我が国の民だ。この城に居を構えたあとは」

言って、アレクはエリザに手を差し出した。

彼の論法によると、まだ客人だ、ということらしい。

エリザは諦めて、差し出されたそれに己の手を重ねた。

城に向かって、二人は敷かれた赤い絨毯《じゅうたん》の上を歩く。

開け放たれた扉の前までやって来たあと、アレクは立ち止まり、エリザに言った。

「ようこそ我が国、そして我が城へ。あなたを歓迎しますよ、エリザ」


――そうして、半日が経過したあと。


「歓迎……されてはいないわね」

居室で一人きりになった瞬間、エリザは思わず呟いた。

与えられた部屋は、南に面した日当たりのよい一室だ。

白に黄金のコントラストが美しい壁と天井。そこに大きな窓から差し込む光が反射し、床に敷かれた絨毯に陽だまりのような模様を浮かび上がらせている。

天蓋《てんがい》付きの上等なベッドを始め長椅子に鏡台といった繊細な彫刻を施された家具のほか、

優美な彩色の調度品がところどころに置かれており、広々とした空間であるにもかかわらず空虚な印象はまるでない。コレニア王国の城のどんな部屋よりも豪華な一室だ。

与えられたこの部屋を見れば、確かに歓迎されていると言える。

食事などについても文句はない。むしろ、味、栄養、見た目など、いずれも好みで、祖国との差異を心配していたエリザには嬉しかったくらいだ。

歓迎されていない、とエリザが感じた理由は、他の点にあった。

「……悪女、か」

先ほど耳に入れてしまった、この城の使用人たちによる噂話。それを思い出し、エリザはため息をついた。

祖国でも散々囁かれてきた二つ名だ。言われることには慣れている。

だが、到着してまだ一日も経っていない隣国の城の中で、まさか早々に聞くことになるとはエリザも思わなかったのだ。

(まさか隣国まであの悪名が広がっていたなんて……これは予想外だわ……)

国を出て心機一転できるかと期待もしたが、現実はやはりそう甘くはなかったらしい。

エリザの不名誉な悪名と尾ひれがつきまくった悪評は、この隣国の城内でもとっくに広まっているようだった。使用人たちは、やって来たばかりの隣国の令嬢に対し、遠巻きにしたり、ビクビクして接したり、あからさまに避けたりしていた。

……これでは、祖国の王城での状況と何も変わらない。

長椅子に腰かけて、エリザは用意されたティーセットに手を伸ばした。

毒などは盛られていないと判断して、喉《のど》を潤すことにしたのだ。毒を盛るなら、すでに昨日から今に至る段階で盛られていたことだろう。

ティーカップを口に運ぶと、芳醇《ほうじゅん》な香りがした。

それを一口、二口と飲み、エリザはほっと息をつく。

長旅の疲れもまだ残っている心身から、幾分か緊張が抜けてゆく。抱いた懸念は消えないが、憂鬱《ゆううつ》な気分も多少マシになった。

「……大丈夫。何も変わらなかっただけよ」

ぽつり、とエリザはその呟きをティーカップに落とした。

状況は芳《かんば》しくないが、祖国にいた時と変わらないというだけで、悪くなったわけではない。積極的に仕掛けてくるプリシラや阿呆《あほう》のマーキスがいないだけ、むしろだいぶよくなったとも言える。

「うん。気にせずに過ごしましょう」

紅茶を飲み終えて、エリザは、そう決意した。

誠実に過ごしていれば、そのうち噂も薄まってゆくはずだ。期待したとおりの状況ではないが、これ以上悪くなったりはしないだろう。

この時のエリザは、そんな風に前向きに考えていた。

……しかし、期待が裏切られるのと同様、当たり障りのない予想も外れることがある。

それから三日と経たぬうちに、エリザは城から追い出されそうな状態になった。

事の発端は、帝都到着から二日後のこと。

皇妃との謁見の際にエリザが発した、とある不穏な一言にあった。

「皇妃陛下……命が惜しくば、その首飾り、私にお渡しくださいませ」

帝都到着の二日後。

エリザは、ディミトリア帝国の皇妃と茶会をすることになった。

城に住まわせてもらう上で必要な挨拶である公的な謁見は、到着した日のうちに済ませてある。今回の謁見は、皇妃の個人的な希望だった。

理由は、エリザにも何となく察せられた。

皇妃イスメラルダは、アレクの実母である。

皇太子であるその息子が、他国から年頃の令嬢を連れてきたとあれば、皇妃として、そして母として、品定めをしたいと思うのは自然なことだ。

茶会が行われる場所は、城の裏手に広がる庭園の奥で、エリザはアレクの案内で皇妃の元へと向かった。

庭園には赤、白、黄色と、見事なバラが色とりどりに咲いている。

「どのバラも素敵ですわね。花も瑞々《みずみず》しく咲いていますが、枝ぶりもいい」

「母が育てているんですよ。赤いバラがお好きで？」

真紅のバラに目を奪われていたエリザに、アレクが肩越しに振り返って言った。

素知らぬ顔をしてついて行っていたはずなのに、なぜバレたのだろう……そう不思議に思いながら、エリザは「はい」と頷く。

「母も真紅のバラが一番のお気に入りだそうです。我が国を象徴するようだ、と」

「帝国のシンボルカラーですものね」

ディミトリア帝国領に入ってから、エリザは驚いたものだ。

国旗を始め、ドレスや花など……赤い色のものが、至るところにある。

赤は、祖国が避けていた色だ。

亡き第一王妃やエリザの瞳の色も、その対象だった。

「祖国では、赤は忌避されてきました。私の瞳も、不吉だと疎《うと》まれたものです。赤いドレスは着たことがありませんし、赤い宝石を身につけることもありませんでした」

「ところ違えば、という感じですね。我が国では、赤いドレスや赤い宝石は見かけない方が難しいというのに」

アレクが肩を竦める。

それから彼は、エリザを見て微笑んだ。

「赤は、我が国では魔を退ける神聖な色で、特に品格の高い色とされています。コレニア王国が価値を見出せなかったあなたの瞳も、我が国では大勢から愛されるでしょう」

「でしたら嬉しいのですが」

「そもそも、あなたの祖国が赤を嫌うのは、我が国のせいでもあるでしょうし」

アレクの言葉に、エリザは苦笑を禁じ得なかった。

領地が接している大国を象徴する真紅の旗は、コレニア王国にとっては脅威だったはずだ。長らく戦こそ起きていないものの、コレニア王国民の多くが帝国の存在を意識して生活していた。

「あなたの部屋に飾る用に、あとで母から何本か譲ってもらいましょう」

バラの花弁に優しく触れながら、アレクが言った。

「いいえ、それには及びませんわ。皇妃陛下の大切なバラですし、私はここに咲いているのを見せていただいただけで十分ですので」

「そうですか。あなたがそう言うなら――……ああ。あそこです」

膝丈にある赤いバラに目を細めていたエリザは、アレクのその言葉に顔を上げた。

向かっている先に、バラのアーチがある。その奥に、白亜の東屋《ガゼボ》が建っているのが見えた。

中には、使用人を侍《はべ》らせ円卓につく黒髪の貴婦人がいる。

まるで庭園の中で女神が寛いでいるようだ。

「あれが母――皇妃イスメラルダです」

見惚《みと》れていたエリザは、アレクの説明に納得する。

寛《くつろ》ぐ姿だけで絵になるところからしても、確かに母子なのだろう。黒髪にエメラルドのような瞳をした皇妃の目を瞠《みは》る美しさは、息子のアレクに引き継がれているものと同じ種類のものだ。

「ごきげんよう、エリザベート様」

庭園のバラのように色とりどりの菓子が並んだティースタンド。その向こうから、赤バラの花弁のようなドレスを身にまとった皇妃が微笑みかけてきた。

それに応えられる笑顔をエリザは持ち合わせていない。だが、馬車での移動中にした決意が、エリザを微笑ませた。

皇妃の笑顔が固まった。

……やっぱりだめだわ、とエリザはすぐに笑みを消した。

「皇妃陛下におかれましては、ご機嫌麗しく、謁見恐悦至極に存じます」

「え、ええ……堅苦しいのはおよしになってね。さあ、そちらにおかけになって。アレクも一緒にどうぞ」

皇妃は戸惑いながらも、固まった表情ににこやかさを取り戻して、そう言った。

促されたエリザは、勧められた椅子に腰かけようとした。

だが、そこで、はた、と立ち止まった。

二日前の謁見時にはなかった大ぶりな、美しい薄緑色の宝石。

皇妃のデコルテを彩る金の首飾りの中央にあるそれに、目が留まったのだ。

（あの石は……そんな、いやまさか……でも……）

椅子に座ることを忘れて、エリザは考えた。

考えるうちに、疑念が確信に変わる。

四肢の先から血の気が引いていくような嫌な感覚がして、エリザは立ったまま眉間《みけん》に皺《しわ》を寄せた。

その様子に、皇妃もアレクも困惑したらしい。揃って怪訝そうな顔になる。

「どうしました、エリザ？」

「……やっぱりそうだわ」

疑問の声を上げるアレクをよそに、宝石を見つめたままエリザは一人呟く。

そして、次の瞬間。

円卓の上に身を乗り出すようにして、エリザは皇妃に詰め寄った。

「皇妃陛下……命が惜しくば、その首飾り、私にお渡しくださいませ」

唐突なエリザのその発言に、皇妃は目を丸くしている。

「一体どうしたんですか」

驚きに声が出ない様子の皇妃に代わって尋ねたのは、アレクだ。

だが、彼の険を含んだその声も、エリザの口を塞ぐことはなかった。

「その首飾りは死をもたらす『呪いの首飾り』なのです。今すぐお外しになって、私にお渡しください」

そう言って、差し出せというようにエリザは手を伸ばす。

皇妃は戸惑うような、それでいて怯えたような表情で、首飾りをエリザから遠ざけるように身を引いている。

「エリザ！」

声を張り上げたアレクが、エリザの手を摑んで制止した。

だが、エリザは引き下がらない。

「殿下、お止めにならないでください。これは大切な――」

「大切な首飾りです」

エリザの言葉を遮るように、皇妃が言った。

その凛とした声には、はっきりとした怒りが滲んでいる。

「大切という言葉では足りないほど、とても大切なものなのよ……なのに、なんと不吉なことを仰るのかしら」

「皇妃陛下、不吉なことではなく、それは確かに不幸を呼ぶものなのです。ですから一度お外しになって私に――」

「もういい！」

叫ぶように言って、皇妃は椅子から立ち上がった。

エリザを睨み据えた皇妃は、低い声で淡々と告げる。

「謁見は中止です。どうかお引き取りを」

皇妃は、興味を失ったとでもいうようにエリザから顔を背けると、茶会の席から離れていってしまう。

背を向けて行ってしまう皇妃に、エリザは追い縋ろうとした。

「お、お待ちください陛下――」

「いいかげんにしないか」

エリザの腕を取り、アレクが強い語気で引き留める。

焦るエリザは振り返り、アレクを睨んだ。

「お放しください殿下。皇妃陛下が行ってしまいますわ」

「行ってしまったのは、あなたのせいですよ。あれでは〝宝石喰いの悪女〟そのものだ」

青い瞳で、アレクはそう言い放った。

その冷たく刺すような視線と声音に、エリザの頭が徐々に冷えていく。

「…………仰るとおりです」

エリザは、ぽつりと呟いた。

掴まれていた腕から力を抜いて、抵抗するのを止める。

エリザの落ち着いた様子に、アレクはため息をついて険しい顔を緩めた。周囲の使用人たちを下がらせてから、彼はエリザに問いかけた。

「一体どうしたというのですか。あんな風に皇妃の首飾りを貶《けな》すなんて。あれでは母の反応も致し方ないでしょう。なぜあのようなことを言ったんですか？」

「ですから、申し上げました。あれは『呪いの首飾り』だと」

「あれについて、何かご存じなのですか」

「あれは――」

そこまで言って、エリザは言葉を途切れさせた。

〝あのこと〟を言ってしまってもいいものだろうか……。

「エリザ？」

「――申し訳ありません。詳しいことは話せないのですが……その、殿下。皇妃陛下のあの首飾り、いただくことはできませんか？」

エリザは両手を握りしめ、アレクに懇願した。

詳細は口にできないが信じてくれ、というのはずいぶん虫がいい話だ。それはエリザ自身も理解している。それでも恥を忍んで頼まねばいけない状況だった。

だが、アレクは首を横に振った。

「……無理でしょうね。あれは形見だそうですから」

「形見、ですか？」

「ええ。三ヶ月ほど前に亡くなった母の従姉《いとこ》がおりましてね。その形見として譲り受けた首飾りで、昨晩ようやく届いたようです。母は従姉と特に仲がよかったので、喪に服す意味も込めて、あれを身に着け続けるつもりだと言っていました」

「大切な、首飾り……」

アレクの説明を聞いて、エリザは消え入りそうな声で皇妃の残した言葉を口にした。

皇妃の言葉の意味が、心を重くする。

（皇妃陛下のお気持ちも、物事の順序も考えず……私ときたら……）

早く皇妃からあの首飾りを奪わねば、という焦りがあった。だが、性急にしすぎた。

それが身に沁《し》みて、エリザは反省した。言葉も考えも配慮も、何もかもが足らなかった。

「エリザ。ここまで話を聞いた上で、それでもやはり詳細を話す気にはなりませんか？」

「申し訳ありませんが……今は、まだ」

「今は――ということは、その時が来たら話してくれるのですよね？」

「ええ。誓って、お話しいたします。ですから、どうか私に最善を探るお時間をくださいませんか」

「…………分かりました」

腕を組んで考えていたアレクは、逡巡《しゅんじゅん》したのち承諾した。

「母には、私から謝罪しておきます。あの様子では、二度とあなたに会ってくれないでしょうから……というか今後、あの首飾りが欲しいなどとは言わないように。城から追い出されたくないでしょう？」

「はい、分かりました……が、その……」

「まだ何か？」

「殿下にお願いしたいのです。皇妃陛下の体調をよく見ておいていただけませんか？」

「体調、ですか？」

「はい。お願いいたします。そして、もし何か気がかりなことがありましたら、私に教えてくださいませ」

「それくらい造作もないというか、普段から気にはしていますが……分かりました」

「ありがとうございます殿下。それと……本日はご迷惑をおかけし、申し訳ございませんでした。殿下の顔に泥《どろ》を塗るような真似をしてしまって……」

「まだ帝国に招き入れて三日も経っていないのに、追い返すことになるのでは、と一瞬考えましたよ」

「……そう、ですよね」

アレクの言い分が大げさではないことは、エリザも十分理解している。

隣国から来たばかりの身でありながら、皇妃に対して不敬を働いたのだ。下手をすれば、処刑される可能性だってあった。

茶会がお開きになっただけで済んだのは、ひとえに皇妃の優しさによる。それも、エリザは理解していた。

――だからこそ、首飾りを奪い取れなかったことが悔やまれた。

「エリザの言葉を信じますよ」

考え込んでいたエリザは、そのアレクの言葉に目を瞬く。

「え？」

「あなたの正しさに賭けると言ったのです」

言って、アレクは肩を竦めてみせた。

「でないと、隣国からあなたを連れ帰った私の目も節穴だった、ということになってしまいますからね」

「……本当に申し訳ございません」

「今度からは、何か事を起こす前に、私に相談してください。その方がきっと上手くいくでしょうから」

「分かりました。次は必ず相談いたしますわ」

「さて、話がまとまったところで……この茶会のために用意された菓子がもったいない。召し上がっていってください」

アレクは円卓の椅子に腰かけると、エリザにも座るように勧めた。

「その……私は食欲がないので、殿下だけでお召し上がりくださいませ」

「私の茶に付き合えと言っているんですけどね」

「……では、僭越《せんえつ》ながら」

皇太子の命令である。断れず、エリザは椅子に腰かけた。

そうして、主催者である皇妃も使用人もいない、二人きりの茶会が行われた。

会話の内容は、並べられた菓子や用意されていた紅茶について……先ほどのことなどなかったかのように、当たり障りのないものだ。

だが、エリザはほとんど上の空だった。

皇妃と、その首飾りのことが頭から離れなかったからである。

――一方、庭園から自室へと戻った皇妃は、鏡台の前で首飾りを眺めていた。

「呪いの首飾りだなんて……本当に、縁起でもない」

大ぶりな薄緑色の宝石が、胸元で光を散らすように輝いている。

珍しい色ではあるが、何の変哲もないダイヤモンドだ。

「……宝石喰いの悪女という噂は、本当だったのかしら」

皇妃は、そうため息交じりに呟いた。

切れ者の息子が隣国からわざわざ連れてきた令嬢だ。

悪女の噂などでたらめで、きっと素晴らしい女性に違いない、と皇妃は期待していた。

だが、期待外れどころの話ではなかった。

笑顔の恐ろしさも然《さ》ることながら、初対面の、しかも帝国の国母に向かって、挨拶を交わして早々「首飾りを寄越《よこ》せ」である。

正直、失望した。

期待していたぶんだけ、その落差が堪《こた》えてしまった。

「はあ……嫌なことがあったせいかしら、何だか顔色も悪いわね……」

鏡台に映る己の顔を見て、皇妃はため息をつく。

何だか妙に青白い気がする。肌にも張りがなく、心なしかげっそりしているようにも見える。そういえば、少し体調が優れないような――。

「――ダメね。あんな妄言《もうげん》を気にするなんて」

皇妃は椅子から立ち上がり、鏡台の前を離れた。

と、扉をノックする音がした。

皇妃が入室を許可すると、一人の使用人が入ってきた。先ほど、庭園の茶会の場にもいた者である。

「どうしました？」

「皇妃陛下。実は、ご報告がございまして……」

使用人は、皇妃が去ったあと、アレクに下がるように言われて茶会の席から離れた。

だが、その去り際、二人の会話が聞こえていたのだという。

「『皇妃陛下のあの首飾り、いただくことはできませんか？』……エリザベート様は、そうアレクサンドル殿下に仰っていました」

「なるほど……報告してくれて、ありがとう」

皇妃はそう言って、報告を終えた使用人を下がらせた。

部屋で再び一人きりになった皇妃は、深々とした盛大なため息をついた。

「噂に違《たが》わぬ悪女のようね。ああ……アレクサンドルも、なぜそんな者を連れてきたのかしら……」

長椅子にしなだれかかるようにして、皇妃は座り込んだ。

頭痛がする。最近は時々あったが、今日はいつにも増して酷い。それもこれも、隣国からやって来た悪女のせいだ。

「……噂どおりなのであれば、城に置いておくわけにはいきませんね。でも、コレニア王国に送り返せば、外交問題にもなりかねない……」

ズキズキと痛む頭で、皇妃は考える。

そして、思いついた。

隣国と揉《も》めずに、城から悪女を遠ざける方法を。

◇

茶会の翌朝、エリザは皇妃の命令で城から追い出された。

例の不敬のせいであることを承知していたエリザは、素直に命令に応じた。

とはいえ、コレニア王国に帰されたわけでもなく、野に放たれたというわけでもない。

「……これは、なかなかの年代物ですわね」

廃墟《はいきょ》のような石造りの小さな城を前にして、エリザは嘆息した。

ここは、城から馬車で六時間ほどの山中に造られた離宮である。人の手が入らなくなって久しいため風化が著しい。

今日からここがエリザの住まいだ。

固く閉ざされた扉に、エリザは渡された鍵を差し込む。

錆《さ》びているのかわずかに抵抗があった……が、ガチャン、と回った。内開きの重い扉に力を込めると、ギギギと軋《きし》みながら開いた。

中を覗くと、思ったよりも明るい。

天窓から光が差し込んでいるのだ。降り積もった埃《ほこり》が外から吹き込む空気に舞い上がり、光に照らされてキラキラと輝いている。

耳が痛くなるほど静かだった。

それも当然のこと……ここには、誰もいないのだ。

管理人も使用人もおらず、もちろんエリザのお世話をする侍女もいない。

つまり実質、これからは何もかも一人で行わなければいけない、ということである。令嬢として育った者には、かなり過酷な環境だ。

「――ということですが、大丈夫でしょうか？」

離宮の状況を説明してくれた馬車の御者が、背後からおずおずと尋ねた。

振り返り、エリザは「ええ」と頷く。

「大丈夫です、とお答えしたいのですが……食材は、何かご用意がありまして？」

「十日分の食材を馬車に積んでまいりました。あちらに」

御者が扉の傍らを示した。

エリザがコレニア王国から持ってきた荷物の他に、大きな木箱が三つ置かれている。同乗してきた使用人が馬車から運び出したものだ。

「十日以降の食材は、数日置きに行商人が参りますので、そちらでお求めください。ひとまず明日、こちらに顔を出すかと思いますので、必要な物があればそこでご注文を。城の方で手配してあるので支払いは不要だそうです」

「ああ、よかった。それでしたら大丈夫ですわ。ありがとうございます」

「いえ……それでは」

手短な説明を終えると、御者と使用人はそそくさと行ってしまった。

コレニア王国から追放されて、かつ、ディミトリア帝国の皇妃に城から追い出された悪女である。関わり合いになりたくはないだろう。

ガラガラ……という車輪の音が遠くなる。

馬車が木々の向こうに見えなくなってから、エリザは離宮の中に足を踏み入れた。ひとまず中の様子を確かめようと思ったのだ。

一歩ごとに埃が舞い上がる。その様子に、エリザは安心した。

（誰かが入り込んでいる、ということはなさそうね……）

もし誰かが入り込んでいるようなら、降り積もった埃の絨毯に足跡が残るはずだ。それは、エリザの通った場所に残る足跡が証明している。

すべての部屋を見て回るが、建物の老朽化以外に、特に問題はなさそうだった。

荷物と食材の入った木箱を、エリザは引きずるようにして離宮の中に入れた。ドレスで城を出てきたため、動きにくいことこの上ない。

「ふう……やっぱり靴と着替えをいただいてきて正解ですわね」

エリザは誰もいないのをいいことに、手近な部屋でドレスを脱ぎ捨てると、城から譲ってもらった使用人の服に着替えた。靴も、ヒールのないものに履き替える。

「これでよし」

身軽な姿になったエリザは、ひとまず十日分の食材を確認する。

最悪、何もなかった時のために、近場の道中に果樹が生えているのを確認していたが、そこまで行く必要は今のところなさそうだ。確かに十日は食べられるだけの食材が、木箱にぎっしり詰まっていた。しばらくの間は保存も利きそうなものばかりなので、腐ってしまうこともない。

次にエリザは、自分の寝室を決めて、そこを掃除することにした。

幸い、掃除道具は離宮の中にあったので、それを使う。

離宮の中のものは、外観とは異なり劣化が少なかった。窓や扉が閉ざされ外界と隔てられているため、風雨や日差しによる刺激がないせいだろう。

掃除道具の他にも、生活に使える道具が揃っている。

エリザは、それらがまだ生きているかを確認してゆく……。

そうしてひとまずの生活空間を確保する頃には、空がすっかり茜色《あかね》に染まっていた。

（……殿下にも、今頃伝わっているかしら）

寝室の窓辺に火を灯《とも》したカンテラを置き、エリザは外の夕暮れを眺めながら考える。

アレクに会うこともなく、命じられるまま早々に城を出てきた。

身分の序列を考えれば、皇妃の命令を皇太子がどうこうすることはできない以上、彼を己絡みの雑事で煩《わずら》わせたくなかったのだ。城を出る際、すれ違う使用人たちが「やっぱり悪女だった」と囁いていたので、遅からず彼の耳にも入ることだろう。

それを思うと、エリザは胸がちくりと痛くなった。

（わざわざ祖国から連れてきていただいたのに……殿下は、とんだ大はずれをお引きになったと思っているでしょうね……）

窓の外には、山の景色が映っている。

離宮のそばには清流があり、その水音がエリザの心を慰めるようだった。

エリザは窓辺の椅子に腰かけて、しばらくその音に耳を預けた。

(……皇妃様、何もなければいいのだけれど)

城から追い出されはしたが、エリザは皇妃の身を案じていた。

この離宮は帝室の財産だ。隣国の令嬢とはいえ不敬を働いたエリザにそれを貸し与え、十分すぎるほどの食材までも用意するよう手配してくれている。アレクに似て聡明で優しい方なのだろう、とエリザは思った。

だからこそ、皇妃には不幸になって欲しくなかった。

(首飾りを入手された時期から考えれば、時間はまだあるはずだった。誰も不利益を被《かぶ》らない、そんな道を探すための時間は……)

詳細を話すまでの時間を、エリザはアレクから貰《もら》った。

自分にまだできることがあると考えていたからだ。

(……でも、それができたのは城を追い出される前の話。誰も不利益を被らないなんていうことは、もう難しいのかもしれないわね)

城から離れ、物資も金も人もないこの離宮では、できることに限りがある。

皇妃の命を守るためにも、エリザは苦渋の決断をせねばならなかった。

朝、起きたエリザは、けほけほ、と咳《せき》をした。

ベッドの埃は昨日掃《はら》ったのだが、十分ではなかったらしい。眠っている間に、残っていたものを吸い込んでしまったようだ。とはいえ、昨晩どうすべきか悩み過ぎた結果、エリザは明け方まで眠ることができなかったのだが。

（どう考えても今この国で私の話に取り合ってくれる人は、アレクサンドル殿下しかいない。何とかして城まで戻るしかないわね……でも、戻るための手段がないわ。行商人がここに来るそうだけど、私の手元には何の交渉材料もない。頼んだところで、皇妃陛下の不興を買ってまで、私を城まで連れていってくれたりはしないでしょうね……）

ぼんやりと考えながら、エリザは呟きを落とす。

「……これ、万事休すではありませんわよね」

ベッドから下りたエリザは、窓を開けて部屋に新鮮な空気を送り込んだ。

山中の空気は、すきっとしている。深呼吸をするだけで、自然と目も覚めそうだった。

……ひとまず朝食を摂《と》ってから考えよう。

そう考えて室内に向き直ったエリザは、そこではたと気づく。

朝陽を浴びた部屋の白い石壁。そのところどころが、キラキラと輝いていた。

「これって、もしかして……」

エリザは壁に近づき、目を凝らした。

石壁は、切り出した岩だ。

キラキラとした輝きは、その岩に混じった鉱物の結晶である。

「……石英が混じってる。こっちはトパーズ？」

はっとしたエリザは、慌てて窓に戻った。

そこから身を乗り出して、外を確かめる。

これだけの離宮を作るために必要な石材は、一体どこから運んだのか。近場にあるなら、それを使うのが理想的だ。では、この離宮の近場に、石材が採れる場所はあるのだろうか。

（あるかもしれない。壁と同じ岩が、近くに見つかれば――）

エリザは、清流の周囲に目を配る。

と、その川岸に、部屋の石壁と同じ白い岩が転がっているのを発見した。

ぞくぞく、とエリザの身体が震えた。

「この山、原石が採れるかも……！」

エリザは急いで身支度《みじたく》を整え、パンとチーズで簡単に朝食を済ませる。

そうして、息急《せ》き切って河原へと向かった。

流れも緩やかな川には、足を踏み入れても溺《おぼ》れることのなさそうな浅瀬がある。エリザはひとまず河原を歩いてみた。お目当ては、研磨して宝石に使えそうな大きな原石だ。石壁に含まれていた結晶の大きさから、エリザは石壁の石材を切り出したであろうこの山の川では水晶——石英が結晶の形を成したものや、黄金色の石・トパーズの原石が採れるのではないかと考えた。岩盤が風雨で削られ、そこから飛び出したものが紛れ込んでいる可能性があるからだ。

「あ」

河原に転がる砂礫《されき》の中から、エリザは目をつけた小石を拾い上げる。

小石は、氷のように透明な水晶だった。

「……ここでも、まだ探せるわ。皇妃陛下を救えて、誰も不利益を被らない道を」

水晶を透かし見ながら、エリザは自然と頬を綻ばせた。

エリザが一旦、離宮に戻ると、ちょうど行商人が来たところだった。

「あの、個人的に注文したいものがありますの」

「構いませんが……お代はいただけるんで？」

「貨幣の持ち合わせはないので、物々交換というわけにはまいりませんか？」

「物々ってたって、一体何と？　値打ちのないもんじゃ――」

「宝石喰いの悪女のお噂はご存じ？」

エリザの言葉に、行商人はビクッとした。

「え？　ああ、はい……あなた様のことですよね？」

「そのようです。ご存じでしたら、お代にこれはいかがかしら」

そう言って、エリザは桶《おけ》を見せた。

行商人は桶の中とエリザの顔を交互に見る。

「石……いや、これはまさか、宝石の原石……？」

「そのまさかですわ。研磨ができないので原石のままになりますが、水晶の他にトパーズもあります。品質もある程度は保証できますわ……何せ『宝石喰いの悪女』ですので」

その悪名が何の保証にもならないことを、エリザは知っている。

知っていて、行商人に吹っ掛けたのだ。

だが、行商人の反応は、エリザが期待したとおりになった。

「いやいや、原石だろうと、これだけの大きさのものがこれだけあれば、結構な金額になるんじゃ……」

「商談、成立いたしまして？」

声を上ずらせる行商人に、エリザはにっこり微笑んで言った。

行商人は、その恐ろしい笑顔に「ひっ」と小さく悲鳴を上げる。

しかし、怯えながらも、彼は逃げ出さなかった。行商人としての矜持《きょうじ》が、彼に仕事をさせたのだ。

「お、お求めの商品にもよりますが、ね……で、悪女様は一体何が欲しいんです？」

「いくつかあるのですが――」

エリザは行商人に必要なものを伝える。

宝石を調べるために使う数点の器具と……その他に、一つ。

入手には多少の時間がかかりそうだったが、行商人は「すべて揃えられるでしょう」と答えた。

「では、お支払いは後日、商品をお譲りいただいたあとに」

「結構な金額になりますけど、そんなに原石が見つかるんで……？」

「ええ。私の目があればこそですわ」

普通の人間では、河原の砂礫の中から短時間で原石を見つけ出すことは難しい。

しかし、エリザの目には、原石だけが浮き上がるように見える。日差しを受けた時の輝きの違いで原石かどうか分かるのは、幼い頃のエリザが、故郷のルヴィエール領の河原で原石拾いに興じていたからだ。

(川底をさらえば、恐らくもっと採れる。あとは器具が揃って実家のような研究環境が作

れれば、文句なしだわ）

数日後にまた来る、と言って行商人は来た道を戻っていく。

それを見送ったエリザは「……よし」と気合を入れるように呟いた。

自分がここでできることを最大限やってみよう。

エリザは、そんな風に前向きな気持ちで宝石採取に戻ろうとした。だが、そこで思い出す。朝から働きどおしで、今は休憩に戻ってきたのだということを。

「……お腹が空いていてはなんとやら、ね」

逸《はや》る気持ちを抑えて、エリザはひとまず昼食を摂ることにする。

朝は簡素な食事だったので、力を出すためにも、昼は火を熾《おこ》して塩漬け肉と野菜を焼くことにした。

エリザは、自分の身の回りのことは一通り何でもできる。

両親亡きあと兄を助けるために、助けてくれる者がいなくても生きていけるように……

そうして令嬢としての作法や宝石の鑑定眼と同様、ある程度の生活力を身につけるべく努力したからだ。

その努力が、今は兄ではなく自分を助けている。

エリザは感謝しながら食事を食べた。

過去に努力した自分と、過去に宝石の原石を生み出してくれていたこの豊かな大地に。

昼食を摂ったエリザが離宮で宝石採取に明け暮れている頃――。


「母上。お話があります」

城の庭園で、アレクが皇妃の背に声をかけた。

バラを愛《め》でていた皇妃は、振り返らずに返事をする。

「あら、アレクサンドル。お話って？」

「エリザベート嬢が話していたことですよ」

その言葉に、皇妃はようやく振り返った。

皇妃の首元には、例の首飾りがかかったままだ。薄緑色の宝石が、日差しを受けて瑞々《みずみず》しく輝いている。

「エリザベート嬢の処遇のことではなくて？」

「はい。ではなく、彼女がしていた話のほうです」

アレクの返答に皇妃はわずかに考えたあと、ふうん、と頷く。

「……でしたらお聞きしましょう。彼女を城に戻してくれと言うようなら無視しようと思ったのだけど」

「ご冗談を。彼女は母上に不敬を働いたわけですし、処分は妥当かと」

「私が追い出しておいて何だけど……アレクサンドル。あなた、ずいぶんと冷たい男に育ったのね。一体、誰に似たのかしら？」

「さあ、どなたでしょう？」

「とぼけるのね」

「具体的に口にすると不敬になる恐れがあるので」

肩を竦めるアレクに、皇妃は、はあ、とため息をついた。

皮肉にも取れるが配慮にも取れる。ギリギリで差し障りのない回答は、皇妃から見て、この場合は正解だった。娘を皇太子妃にしたい上流貴族たちすら、こののらりくらりで煙に巻いているらしい。

「……相変わらず、頭のいい息子だこと」

「お褒めの言葉、ありがたく頂戴します」

「で。話とは？」

「その首飾りのことです」

「欲しいのかしら。エリザベート嬢が、あなたにこれを強請っていたと聞いたわ」

皇妃は突っ返すように言った。

だが、アレクは「そうですか」と特に驚く様子もない。

「母上。侍女から聞いたのだと思いますが、大事な情報が抜けております」

「大事な情報とは？」

「私も存じません」

「……アレクサンドル。ふざけているの？」

「いいえ」

首を横に振って、アレクは真面目な顔になった。

「私は存じ上げませんが、エリザベート嬢は知っている、ということです」

「知らないのに、どうして大事な情報だと分かるの」

「彼女の宝石の鑑定眼を信じているからです」

「宝石の鑑定眼？」

「私は、その能力の高さに目をつけて、帝国に有益な人材だと思い、彼女を連れ帰りました。その彼女が、その宝石がついた首飾りについて言及したので、何かある、と思ったまでです」

「……あなた、気に入った令嬢だから連れて来たのではなかったの？」

「そのようなことは一言も言っていないはずですが」

「んん……そうね、そうだったわね……ああ、あなたがようやく意中の女性でも連れて来たかと思ったのに……また仕事の話だったとは……」

言って、皇妃は肩を落とした。

息子は顔も頭もいい。そのため女性には不自由しないはずだった。だというのに、当の本人にまったくその気がない。その息子が隣国からわざわざ令嬢を連れ帰り城に住まわせるというので、いよいよ結婚する気になったのか、と皇妃は思ったのである。

「……いつまでも仕事にかまけていないで、そろそろ皇太子妃を決めて欲しいものだわ」

「それはまあ、追々ですね。父上がご健在な今のうちしか、自由に動き回れないでしょうから。それで今日の本題なのですが——」

母の小言をさらりと受け流しながら、アレクは懐から小箱を取り出す。

それを見せると、皇妃が意外そうな顔になった。

「あら、カード？」

「ええ。ポーカーをやりませんか」

「久しぶりね。昔はよくやったけど……『勝ってばかりでつまらない』と言うようになってからご無沙汰《ぶさた》だったのに、どういう風の吹き回し？」

「ちょうど今は仕事にかまけていないので」

ポーカーを始め、カードゲームをアレクに教えたのは皇妃だ。アレクが賭け事に強いのも、この母譲りである。

皇妃は、負けず嫌いでもあった。同時に、勝負に飢《う》えてもいた。

臣下や侍女や使用人は、皇妃相手ではおもねってしまう。彼女と本気の勝負ができる相手は、この城の中では皇帝とアレクのみだった。

「いいでしょう。受けて立つわよ」

一つ微笑んで、皇妃は機嫌よく庭園の中の東屋《ガゼボ》へと向かった。

先日はティースタンドが載っていた円卓の上に、小箱から取り出したカードを置く。カードを配る親の役は交互に行うことにした。さらに、親にならなかった側がカードの山から一枚引いて、絵柄が黒なら先攻・赤なら後攻とした。


小一時間ほど経った頃……勝敗は、五分五分の結果になっていた。


「……アレク。手加減をされるほど、母は落ちぶれておりませんよ」

美しい指先でカードを器用に切りながら、皇妃は不機嫌そうに言った。

アレクは両の眉を上げ、それを否定する。

「滅相もない。本気でやっていますよ」

「ふうん……では、最後のゲームは何か賭けましょう」

本気の勝負をするために、皇妃は条件をつけることにした。

息子も賭け事が好きだと知ってのことだ。

「おや。いいんですか?」

「あら、もう勝つ気でいるのね……ええ、いいわ。いい度胸だわ」

「それでは、私が勝ったら、エリザベート嬢を城に戻していただけませんか」

勝負に熱くなっていた皇妃は、アレクのその一言で我に返った。

カードを切る手を止め、息子の顔を見る。

アレクは凪《な》いだ海のように穏やかな目をしていた。それを見て、皇妃は深々とため息をついた。

「……あなた、最初からこれが目的だったのね」

「お嫌でしたら、別のものを所望しますが」

「いいわ」

皇妃はカードを再び切り、円卓の上に置いた。

「私が勝てばいいのだもの」

「さすが母上。懐が広い」

「その代わり、私が勝ったら二度とその願いを持ち出さないこと。よろしくて?」

「ええ。分かりました」

アレクは微笑みを浮かべて答えながら、順番を決めるためにカードの山に手を伸ばす。

その瞬間、皇妃が口を開いた。

「あの子のことが、好きなのね」

ぴく、とアレクの指が動きを止める。

しかし、誤差だとでもいうように、すぐに一枚カードを引いた。

「――嫌いではないですね」

アレクがカードの絵柄を見せる。赤だ。

先攻となった皇妃が、手札から三枚捨てて、山からその分のカードを引く。

「城に戻したいということは、彼女にそばにいて欲しいと思ったのでしょう？」

「その方が仕事を任せる上で都合がいいからですよ」

「城に戻さずに、貴族のどなたかに嫁がせるのではだめなの？」

アレクも手札から三枚捨てて、引き直す。

「それでは、何のために連れて帰ったか分かりません」

「城以外でも、仕事は任せられるはずよ。その都度、書簡でやり取りでもすれば」

「他にも問題があるんですよ。隣国の王太子妃候補だったのです。政治の道具にされるとか、暗殺される可能性だってある」

「あら。それじゃあ大変だわ――」

皇妃は、二度目の手札の交換を終える。

そして扇のようにした手札越しに、アレクをじっと見つめて言った。

「──今あの子、離宮に一人きりだけど、大丈夫かしら」

アレクは一瞬だけ逡巡を露わにした。

表情は変わらない。カードの役をどうするか考えているだけのようにも見える。

だが、皇妃には息子の動揺が手に取るように分かった。

よくよく見れば、瞳の色が物語っているのだ。

エリザの話で揺さぶりをかけるたび、アレクの瞳は微かに赤と青の間で揺れた。今では
もう滅多に見せることがなくなった反応だが、それが冷静ではない証拠だと、母である皇
妃は知っていたのである。

「母の勝ちのようね」

言って、皇妃は手札を明かした。

フルハウスだ。

それを見て、アレクは力なく手札を円卓の上に置いた。

役は揃っていたが、ストレート──フラッシュには勝てない。

「……そのようです」

「あなたの賭けも、今回は負けね」

カードを片付けながら、皇妃が満足げに言う。

その様子を見つめて、アレクは思い出したように尋ねた。

「……母上。ちなみにお身体の調子はいかがです？」

「悪いように見えたかしら？」

皇妃は微笑み、カードを詰め直した小箱をアレクに返す。

そうして円卓の席を立つと、アレクを残して東屋を後にした。


「まさか、負けてしまうとは……」

一人になったアレクは、はあ、とため息をついた。

危なげなく勝つつもりだったのだ。

だから、最後の一戦までは手加減して、母を楽しませていたのである。

母の手癖が変わっていないことを確認し、思考が鈍ってきたタイミングで仕掛けたというのに。

……もしや自分が弱くなったのだろうか？

母と勝敗が五分五分になったことなどなかったため、アレクはその可能性についても考えてみた。だが、すぐに、それはないだろうと思った。

最後の一戦に関しては、運が悪かったというわけでもない……あれは、皇妃がかけてきた心理的な揺さぶりに敗けただけだ。

エリザのことを言われて、動揺した。それが母には伝わってしまったのだろう。

むしろ、その動揺に、アレク自身が困惑していた。

(別に、好きというわけではないはずなんだが……)

なぜ自分はあのように取り乱したのか。

母でなければ見過ごされただろう微細な反応だったとはいえ、心の中の平穏な水面が波打ったのは、アレクにも自覚があった。ただ、その理由が分からない。

(気にはなる……が、今はそんなことより、エリザのことだな)

アレクは腕を組み、エリザが離宮に一人きりという状況について考える。

あの山の辺りには民家や人通りがほぼない。そのため野盗が潜むような土地ではなく、エリザが襲われる危険性は低いと言える。だが、大型の野生動物が現れる可能性はある場所だ。

(令嬢が一人でいていいような場所ではない……)

アレクは頭を悩ませる。皇妃に勝っていれば考えなくともよかったことだ。

だが、敗けた以上、エリザを城に戻す以外の方法でどうにかせねばならない。それが、隣国から連れ帰った者の責務だろう。

「……仕方ない。行ってみるか」

エリザの様子を見に、直接、離宮へ赴《おもむ》く。

今夜は満月で、夜道も明るいはずだ。日が沈む頃に早馬で向かえば、朝には城に戻れる。そうすれば誰に咎められることもない。強行軍ではあるが、そういう無理には慣れている。

「……ん。いけるな」

そう考えをまとめると、アレクは円卓の椅子から立ち上がった。

◇

夜の帳《とばり》が下りて幾ばく。

山も、離宮も、月光だけが照らす薄闇の世界に沈んでいる。

眠るのには少し早い時間だが、エリザはすでに夜着に着替えていた。

橙《だいだい》色の火が灯るカンテラを片手に寝室を出ると、戸締まりの確認に向かう。とはいえ、扉や窓を開けたのは寝室と炊事場くらいで、あとは離宮の入り口だけだ。

「これでよし……ふあ……」

入り口の扉の施錠を確認し終えると、エリザの口から大きな欠伸《あくび》が零れた。

宝石の原石採取にはしゃぎ回ってしまったせいだろう。すっかり疲れ果てていた。今すぐ意識が飛んでしまいそうなほど、眠気が押し寄せてきている。

「……もう寝ましょう」

ぼんやりする瞼《まぶた》を擦《こす》り、エリザは寝室に戻るべく、入り口の扉に背を向けた。

その時、ドンドン、と扉を叩く音がした。

「えっ――」

驚きに出そうになる悲鳴を、エリザは口を押さえて反射的に堪えた。

扉を振り返る。

ドンドン、と再び扉が叩かれた。

（な、何？　誰かいるの……？）

恐怖に、エリザは足が竦んでしまう。

身を隠して無人を装おうと思ったが、カンテラの明かりが外に漏れ出ていることに気づいた。今さら誤魔化せない。

（何か武器になるものは……ううん、それより逃げるための出口の確保を……）

エリザがそんな風に対応を考えている時だった。

「エリザ、そこにいるなら開けてください。アレクです」

「え……殿、下？」

聞き覚えのある声に、エリザは目を瞬いた。

恐る恐る扉に近づいて、外に声をかける。

「本当に、アレクサンドル殿下なのですか……？」

「ええ、そうです。私です」

「……殿下がこのような場所にいるわけがないのですが」

「来たからいるんですよ。中に入れてもらえませんか？」

「本当に殿下かどうか、測りかねているんです……山の怪異かもしれない……」

「開けてくれないのでしたら、こちらにも考えがありますが」

「それは……どのような……？」

「扉を蹴破《けやぶ》るとか、窓を割るとか」

「ちょっ、お、お待ちになって！」

制止の言葉を叫び、エリザは慌てて施錠を解いた。

そろそろと扉を開けて外を覗く。

エリザの翳したカンテラの光が、夜闇《よやみ》の中からアレクの姿を浮かび上がらせた。

「本当に殿下だわ……」

「ですから、そうだと言っています。失礼しますね」

言って、アレクは離宮の中に入ってきた。

黒い外套《がいとう》をまとった彼の身体からは、ひんやりとした夜の匂《にお》いがした。

「あの……まさか、馬でいらしたのですか？　こんな真っ暗な山の中に？　供も付けず、お一人で？」

「そのまさかです」

「危ないではありませんか」

「心配してくれたのですか？」

「ええ、そうですわ」

「私もあなたが心配で来たのですよ」

アレクの言葉に、エリザは困惑した。

城から馬車で六時間もかかる山の中だ。しかも、もう夜である。

（一国の皇太子が来るほどの心配事があるとは思えないのだけど……）

そこまで考えて、エリザはハッとした。

（……もしや、行商人と勝手に交渉したことがバレた？　この土地の原石を勝手に採取してはいけなかった、とか？）

鉱山の採掘権のようなものがこの周囲にも適用されているとすれば、エリザの行為は罪となる。だが、それを咎めるためなら、来るのは皇太子でなくともいいはずだ。

（本当に、なぜ……まさか皇妃陛下のご体調に変化が？）

「大丈夫でしたか？」

あれこれ考えていたエリザに、アレクが革手袋を外しながら尋ねた。

「え？　何が、ですか？」

「変なやつが来たりしませんでした？」

「行商人の方が昼間いらっしゃいましたけど、他には殿下だけですわ」

「……そうですか」

そこまで聞くと、アレクは安心したように息を吐きだした。

「エリザ、すみません。どこか腰を落ち着けられる場所はありませんか？　さすがに少々疲れたもので」

「ああ、失礼いたしました。ええと、そうですね……掃除がまだ一部しかできていないもので……」

埃のない椅子は、エリザが寝室として使っている部屋にしかない。

男性を寝室に招き入れることには抵抗があったが、致し方ない、とエリザはアレクを案内することにした。今にも意識が飛びそうなほどの眠気だったのに、今は眠気のほうがどこかへ飛んでいってしまったようだ。

カンテラの明かりで離宮の中を照らしながら、エリザはアレクを寝室に案内する。

と、部屋に入ったアレクが、驚いたように目をぱちくりさせた。

「ここだけずいぶんときれいですが……エリザが掃除を？」

「はい。さすがに寝室が埃まみれではと思ったもので」

「寝室……私が入ってもいいのですか？」

「構いませんわ。殿下を埃まみれの部屋に通すほうが嫌ですもの」

「ああ、気を遣わせてすみません……食事は？　ちゃんと食べられているのですか？」

「ええ。食材はいただいておりますし、簡単な調理でしたらできますので」

「その……何か不都合はないのですか？」

「今のところは、特に……ああ、あちらの長椅子をどうぞ。お疲れでしたら、ベッドもお使いいただいて大丈夫ですよ」

「私がベッドを使っては、あなたが困るでしょう。長椅子でいいですよ」

アレクは窓際の長椅子に向かい、そこに腰を下ろした。

それから、エリザをまじまじと見つめて言う。

「……エリザ。あなたはすごいですね」

「すごい……のでしょうか？」

「あなたは、ルヴィエール公爵家のご令嬢ですよね？」

「ええ。そのはずですが」

「ご実家には、使用人がいなかったわけではないのですよね」

「そこそこの数の使用人がおりましたわ」

「なぜ、こんな場所に一人で平気なんですか……」

半ば呆れ気味に尋ねるアレクに、エリザはその答えを真剣に考える。

自活能力の有無については、すでに伝えた。となると、アレクの質問は精神的な状況についてかもしれない。

「そうですわね……元々、一人で何かに没頭している時間が好きでしたし……人の視線や声に疲れていたからかもしれませんわ」

エリザは、これまでの自分の心の動きを思い出しながら、ぽつりぽつりと答えた。

ルヴィエール領にいた頃、エリザは自室で一人、黙々と宝石研究をしていることが多かった。だから、一人きりというのはさして苦ではない。

そして、悪女だなんだと人々に蔑《さいな》まれている間、エリザの心はやはり傷ついていた。それが人里から離れたことで、傷つけられることを恐れずに済むようになった。人々の中にいた時のほうが、平気でないことが多かったのだ。

「だから、大丈夫です。殿下の御心配には及びませんわ」

そう言って、エリザは微笑んだ。

状況を整理しているうちに、眠気が復活してきたからだろう。自然と出てきたその微笑みは、死神や悪魔を彷彿《ほうふつ》とさせるものではない。カンテラの灯りのような、柔らかで温かみのあるものだ。

その笑顔を見て、アレクが目を細めた。

「あなたを心配したい、と言ったら？」

「え？　まさか、そんなにお暇なわけではありませんよね……？」

瞼が重たくなってきた目をゆっくり瞬きながら、エリザは真剣にそう尋ねた。

一瞬アレクは虚を突かれたような顔になった。

だが、すぐに苦笑が浮かぶ。

「……今のは忘れてください。確かに、あなたの言うとおりだ」

「私は、殿下に気にかけていただけただけで十分です。あの……殿下は今夜どうされるおつもりですか？」

「早朝に帰りますので、泊まっていってもいいでしょうか。私は、この長椅子で十分眠れますから、エリザは気にせずベッドで眠ってください」

「本当によろしいのですか……？」

「ええ。それに、もう眠そうだ」

「はい、実は……ふぁ……申し訳ありません」

欠伸が堪え切れず、エリザは謝罪した。

「私は気にしませんから、もう眠っては？」

「はい……では、お言葉に甘えて……」

エリザは、ふらふらになりながらベッドへ向かった。先ほど戸締まりを終えてすぐ眠るつもりだったので、燃料はもうとっくに切れている。

ベッドに何とかよじ登り、ぽすっ、と枕に倒れ込む。

そうしてエリザは、そのまま糸が切れたように眠りに落ちてしまった。


「まったく意識されないというのも新鮮だな」

エリザの寝息が聞こえるようになった頃、アレクは苦笑交じりに呟いた。

離宮へと送られてから、彼女は忙《せわ》しなく動き回っていたのだろう。眠いのも当然だ……そうは思えど、男と二人きりだというのに無防備が過ぎる。婚約式でティアラを投げ捨てた時は、誰も近寄らせまいという茨《いばら》の空気をまとっていたというのに。

（……だからこそ、興味深かったわけだが）

高飛車に聞こえる物言いは、しかし筋が通った正論だった。

攻撃的に見られる紅い瞳は、よく観察して見れば周囲に対する怯えに揺れていた。

頭がいいのに不器用な人間――エリザに対してアレクが抱いた第一印象は、それだった。

もっと上手く立ち回れないものか、と婚約式では同情心を抱いたくらいだ。今にも砕けて崩れてしまいそうな、硝子《がらす》のような脆《もろ》さを彼女に感じて……助けてしまった。

アレクには珍しいことだった。

母が言うように、自分は冷たい人間に育った、と思う。

広大な国を治める皇帝には、時に大の虫を生かして小の虫を殺すという判断も必要だ。

隣国の令嬢の不幸など、アレクにとっては無視しているはずの事象だった。

しかし、結果的に、アレクはエリザを助けた。

今だって頼まれたわけでもないのに、こうして馬を飛ばしてまで様子を見に来ている。

（矛盾《むじゅん》している……）

アレクは、長椅子から立ち上がった。

ベッドへと近づき、エリザの寝顔を見下ろす。

頬にかかる金の髪は、カンテラの明かりで蜂蜜《はちみつ》のように輝いている。アレクは手を伸ばし、指先でその髪を頬から退《の》けてやった。

寝息を立てていなければ、美しい彫像のようだ。

もし今、彼女が瞼を開けて、その紅い瞳で見返されたなら……

「……母上が変なことを言うから」

エリザの寝顔を見つめたまま、アレクはため息をついた。

――「あの子のことが、好きなのね」

違いますよ、と言ってもよかったはずだ。

しかし、あの瞬間、そう否定することを自分は躊躇った。

なぜだったのだろう、とアレクは考える。だが分からない。

エリザを助けた理由も、今自分がここに来ている理由も、分からない。彼女に対する自分の感情が分からない。

否、分からないことにしたいだけなのかもしれない。

そして、認めたくないだけなのかもしれない。

婚約式でティアラを投げ捨てた、あの孤独で高潔な姿。確たる宝石のような、彼女の美しさに一目惚《ひとめぼ》れした、と――。

「――私も疲れているのかもしれないな」

アレクは邪念を振り払うように頭を振った。

思い返せば、隣国へ行って帰ってきてから、まだ三日しか経っていない。

そして、母とポーカー勝負をしたあと、さらに早馬をここまで走らせてきたのだ。

アレクは反省した。さすがに己の体力を過信しすぎたのかもしれない。

「変な気も起こしそうになるわけだ……」

アレクはそう呟き、すやすや眠るエリザから離れた。

何とか彼女を城に戻してやれないか、と考える。

だが、私情でそのように便宜を図れば「皇太子は悪女に入れ込んでいる」というような、おかしな噂が立つだろう。皇太子として避けるべきである。

それに、そんなことをすれば、彼女のことが好きだと公に認めるようなものだ。

（皇太子に恋愛感情があるなど知れれば、内政にも影響がある。離宮まで来ておいて今さらだが、やはり公平に扱うべきだな……）

長椅子に戻ったアレクは、外套を毛布がわりに掛ける。

そうして眠るために、ふっ、と傍らに置いてあるカンテラの火を吹き消したのだった。

◇

翌早朝、アレクは離宮から帰っていった。

皇妃の体調にも変化はないのだろう。彼がその話題を出していかなかったことから、エリザはそう判断した。ならば、当初立てた算段どおり、やることは変わらない。エリザは、大人しくアレクを見送った。何かあればすぐに知らせて欲しい、と言い添えて。

再び離宮で一人きりになったエリザは、微《かす》かに覚えた人恋しさを埋めるべく、その日も、また次の日も、宝石の原石採取に明け暮れた。兄がこの状況を知ったら卒倒しそうだと思いながら、しかしエリザ本人は楽しんで取り組み続けた。

そうして十日が経った頃、行商人が依頼の品を揃えてやって来た。

「――ええ。確かにすべて揃っていますわね」

頼んでいた器具や道具を一つ一つ確かめて、エリザは満足げに頷いた。

これでこの離宮でも宝石の研究に勤《いそ》しめる。一生ここで暮らすことになっても、張りのある生活を送れるだろう。

何より、例の悩み事を解決するために必要な物が手に入ったことで、エリザは心からホッとした。これで、あとは上手く段取りをつけられれば、誰も不利益を被らない解決ができる。

「お代の原石ですが、こちらでいかがでしょう？」

「うお、これはまた、ずいぶんな量で……！」

食材を使い切って空いた木箱に、エリザは入るだけの水晶とトパーズの原石を積んでおいた。頑丈な木箱なのでそのまま馬車へと運び入れてもらおうと思ったが、中身が重すぎて行商人一人では持ち上がらなかった。

「麻袋に入れて小分けにして馬車に載せますんで、ちょっと待っててもらえますか」

「私も手伝いますわよ」

「すんません、助かります」

麻袋に原石を入れ、それを馬車に載せる。

そうしてすべて積み終えると、行商人は馬車を走らせて去っていった。

「よし。器具を中に運び入れて……と」

離宮に入ろうとしていたエリザは、そこではたと動きを止めた。

複数の馬の蹄《ひづめ》の音が聞こえたからだ。こちらに近づいてくる。

今度は誰だろう……そう思っていたエリザの視界に、先頭の馬が現れた。

乗っていたのはアレクだった。その後に、彼の従者らしき者が続く。

彼は険しい顔で馬を降りるなり、開口一番エリザに頭を下げた。

「エリザ。すみません、助けてもらえませんか」

アレクは矢継ぎ早に事情を話す。

皇妃が体調を急速に悪化させて、倒れてしまったらしい。そして何人もの医者が診《み》たものの、その不調の原因は分からないままだという。

彼がやって来た時点ですでに何事かと当たりをつけていたエリザは、そのただならぬ話にも冷静に答えた。

「……そうですか。もう少し時間があると思ったのですが」

「エリザ。あなたは母に、首飾りを外して渡さねば死ぬ、と言っていましたね。一体あなたは何を知っているのですか？」

「ご説明の前に、皇妃陛下が心配です」

言って、エリザは先ほど行商人が運んできた荷物の元へと走る。

そしてその中から一本の小瓶を手に取り、アレクの元に戻った。

中身が正しいものだということは、先ほど行商人から受け取った時に確認している。

「殿下、こちらをお持ちになって。すぐに皇妃陛下に飲ませてください」

「これは？」

「首飾りの呪いに対する特効薬です」

アレクの疑問に、エリザは一言そう答えた。

これは皇妃を助けられる唯一の薬だ。

だが、信じてもらうことが難しい。何せ、皇妃に城を追い出された悪女が差し出す謎《なぞ》の小瓶だ。中身は毒だと疑われる可能性のほうが高い。

「あの首飾りを外し皇妃陛下から遠ざけて、この薬を飲ませてください。殿下、どうか私を信じてくださいませ……このお願いは、叶えてくださいませんか？」

エリザは懇願するように言った。ただ皇妃を助けたい一心だと分かって欲しい……。

その必死な気持ちが、アレクには伝わったらしい。

彼はエリザから小瓶を受け取ると、それを従者に渡して命じる。

「これを母上に届けて欲しい。私がすぐに飲むように言っていたと伝えてくれ」

従者は「は」と返事をして馬を翻《ひるがえ》すと、颯爽《さっそう》と山道を戻っていった。

「……殿下はお戻りにならないのですか？」

残ったアレクに、エリザは尋ねた。

「あなたを連れて戻ります。薬の効果次第では、あなたの処遇が変わるでしょうし」

「あれが毒でしたら、処刑されますものね……」

「信じたのですよ。特効薬だという、あなたの言葉を……さあ、帰りましょう」

そう言って、アレクはエリザに手を差し出した。

「……殿下、荷物はどうしたら？」

「今日は持っていけませんね。あとで城の者に取りに来させます」

「では、荷物をまとめるのに少々お時間を頂戴しても？」

「手伝いますよ」

言いながら、アレクは馬を柵に留める。

彼に手伝ってもらいながら、エリザは手早く荷物をまとめた。

使用人の服のまま城に戻るわけにもいかず、ここへ来た時のドレスに着替える。一人でも着られる形式のドレスでよかった、とエリザは思った。着替えまでは、さすがにアレクに手伝ってもらうわけにもいかない。

行商人に揃えてもらった器具の数々は、置いていくことにした。城の居室を勝手に研究室にするわけにはいかないからだ。少しだけ名残惜《なごり》しく思いながら、エリザは離宮の扉を閉ざし、ガチャン、と鍵をかけた。

二人乗りの馬は、それほど速く走れない。

エリザとアレクを乗せた馬は、馬車よりは少しだけ速いくらいの速度で、ゆっくりと城に向かっていった。乗っている側も疲れるが、当然、馬だって走り続けることはできない。ところどころで休憩を挟みながら移動する。

二人を乗せた馬は、離宮を出発してから五時間ほどで城に帰り着いた。

厩《うまや》に馬を預けに行くと、薬瓶を持って先に離宮を発《た》った従者の馬がいた。厩番の話によると、三時間ほど前に無事に帰着し、皇妃の元へと向かったようだ。

エリザとアレクも、その後を追う。

皇妃の部屋の前には、薬瓶を届けてくれた従者が待機していた。

「殿下、おかえりなさいませ」

「早馬ご苦労だった……薬はお飲みになったか？」

「それが――」

と、従者の背後で扉が開いた。

中から侍女が開けたのだ。招き入れるように、部屋の奥を手で示す。

「皇妃陛下がお待ちです、殿下……そしてエリザベート様」

部屋に入ると、夜着をまとったままの皇妃がベッドの隅に腰かけていた。

エリザが最後に会った時より、だいぶやつれたようだ。元から細かった身体が、さらに一回り小さくなったようだった。

だが、あの首飾りは付けていない。

青褪めていた顔色にも、今は赤みが差している。

「母上。起きていて平気なのですか？」

「ええ、先ほどお医者様も大丈夫だろうとお帰りになったわ。先刻までが嘘のように気分がいいのよ……首飾りは、言われたとおり外して、仕舞っておいたわ」

皇妃の目が、アレクの後方に控えていたエリザに向けられた。

エリザはスカートの裾を軽く持ち、膝を折って挨拶した。

「……エリザベート様。あなたがあの薬をご用意くださったの？」

「恐れ入ります、皇妃陛下。確かに私が用意したものです。とはいえ、私は取り寄せただけですわ」

「あなたが助けてくれたことに変わりはないわ、ありがとう。そして……ごめんなさい。あなたの忠告を聞かず、あまつさえ城から追い出すなんて……」

皇妃の謝罪の言葉に、エリザはふるふると首を横に振った。

「お気になさらないでくださいませ。そもそも、私の伝え方に問題があったのですもの」

エリザは、あの茶会のことを思い返す。

いくら相手のためを思っての行動であっても、理解してもらうために段階を踏むべきだった。心を開いてもらわなければ、伝えたいことも伝わらないし、いいも悪いも印象に左右される。それは、祖国で痛いほど身に沁みていたはずだった。

「エリザベート様……私の不調は、あの首飾りが原因？」

皇妃の質問に、エリザは「はい」と頷いた。

「正確には首飾りではなく、使われている宝石ですが……皇妃陛下。ご説明をさせていただく前に、お願いがあります」

突然のエリザの申し出に、皇妃は怪訝そうな顔になる。

「お願い……？」

「はい。あの宝石に所縁《ゆかり》のある者を咎めず、また、私が今からする話を広めないと……そう約束していただきたいのです」

「宝石に所縁のある者……それは、あなたも含めて？」

「私のことは、お咎めいただいても構いません」

皇妃は、じっとエリザの目を見つめる。

言葉の真意を見透かそうとしているのだろう。

「……分かりました。約束しましょう」

その皇妃の答えに、エリザはホッとした。

そうして、腹を決めて説明し始めた。

「あれは一部の限られた者だけが知る、呪いの首飾りです……あの首飾りに付いた宝石は、暗殺の手段として利用されたこともあったのではと言われるほど危険な代物で、その利用価値から存在が隠されていました」

豪華で美しい首飾りに付いた薄緑色の宝石。

数々の貴婦人たちの命を奪ってきたその宝石の存在を知るのは、宝石商の中でも一握りだ。いつの間にか消えて、誰の元にあるのかも分からない。手にした者が命を落とすことから、所在の噂も立たないため、世界中にいくつ存在しているのか誰も知らないという。

「首飾りをくれた従姉も、私と同じように突然体調を崩したの。もしかしたら、首飾りのせいで……」

皇妃は、自分自身を抱きしめるようにして、一つ震えた。

亡くなった従姉と己を重ね見たのだろう。

「……でも、エリザベート様。呪いなんて、本当に存在するの？　噂話の尾ひれが大きくなったものなのではなくて？」

「不調の原因が『呪い』と呼ばれております」

エリザの答えに、皇妃は目を瞬いた。

傍らのアレクも黙ったまま、エリザの話を興味深そうに聞いている。

「どういうこと？」

「呪いとしか言えないような、まだ名前が付いていない不可視の毒なのです。それが、あの首飾りの宝石――グリーンダイヤモンドから出ているのです」

ダイヤモンドは、透明なものが多く流通している。

だが、原石が生まれる大地の環境に様々な条件が重なり、ピンク、ブルー、イエローなどの色付きダイヤモンドになることがある。原石の発生過程で不純物が混ざり、それが結晶の構造を変えることで色が付くのだ。

「他の色付きダイヤと同様、グリーンダイヤモンドも、基本的には毒性のない安全な宝石です。しかし、あの首飾りについていた特別に緑が濃いダイヤは、とある産地でしか……〝ペルシフォン鉱山〟でしか採れないものです」

「ペルシフォン？　……まさか、あの禁足地の？」

言葉を失っている皇妃に代わり、アレクが反応した。

ペルシフォン鉱山は、帝国を縦断する山脈の北東の端に、かつて存在していた鉱山だ。

鉄鉱石などの鉱山資源が採掘されており、周辺地域の経済効果も期待されていたという。

……だが、開鉱したのと同時期から、近辺で動物たちが異常死し始めた。

因果関係があるかどうかは判然としなかったが、前後関係では、鉱山を開いたことが原因になり得る。内部に『呪い』のような未知の力が充満していると考えられた結果、調査もほぼ進まぬうちに、この鉱山は早々に閉山された。今ではアレクが言うように、許可なしでは立ち入ることができない禁足地になっている。

「ペルシフォンの鉱床から採れた緑のダイヤはごくわずかでしたが、その存在を知る限られた者たちの間では『死のダイヤ』とも呼ばれていたようです。問題になった未知の力を含んでおり、それで身につけた者が早逝するそうで――」

「その……私は、もう大丈夫なのかしら？」

皇妃が不安そうに言った。

エリザは安心させようと微笑む。

だが、そのぎこちない笑顔は、皇妃には恐ろしい死神の笑みとして映った。

「ああっ、もうだめなのね……！」

「い、いいえ！　まだお休みいただく必要はあるかと存じますが、あの首飾りを付けなければ悪化はいたしませんわ！　あの特効薬、私も飲んだことがあるのですが、よく効きましたし！」

「え？」

顔を覆って嘆いていた皇妃と、傍らのアレクが、同時に疑問の声を上げた。

驚いたような顔の二人に、エリザは事情を説明する。

「実は、私も死のダイヤの呪いを受けたことがありまして……それで見分けることができて、特効薬が手に入ることも知っていたのです」

エリザは合法的な手段で、たくさんの宝石を集めてきた。

その中に偶然、死のダイヤも入っていたのだ。

そうとは気づかず研究のため毎日ダイヤに触れていたエリザは、例に漏れず体調を崩し、兄のラドルフと一緒に治療の情報を探すことになった。その過程で、錬金術師が書いたという一冊の文献の中に、呪いに対する特効薬の存在を見つけたのだ。

「ペルシフォン鉱山の周辺では、過去に錬金術師が作ったという体内の毒を排出させる特効薬が流通しています。それを行商人に取り寄せてもらい皇妃陛下にお飲みいただいたのです」

「なるほど……詳しいのは、そういうことだったのですね」

「お障りになる前に手段を講じることができず、申し訳ありませんでした」

「何を仰るの、エリザベート様」

皇妃は、項垂れるエリザの手を取った。

それを両手でぎゅっと握りしめ、エリザの目をまっすぐに見つめる。

「私の命の恩人ですよ。ありがとうございます」

「そんな、もったいないお言葉ですわ」

「どうか城にお戻りになってください。そして、よければ私の娘として仲良くしていただきたいわ――」

「母上」

皇妃の言葉をアレクが遮った。

彼は、母に言い聞かせるように、にっこりした。

「まだおつらいご様子ですね。そろそろお休みになっては」

皇妃はエリザの手を握ったまま、アレクをじっと見つめた。

アレクは微笑んでいる……が、目だけ笑っていない。

「……私も、エリザとお呼びしていいかしら？」

「え？　ええ、もちろんですわ」

「エリザ。母上はもうお疲れです。行きましょう」

視線で皇妃と攻防をしながら、アレクが話を切り上げるように言う。

母と息子が交わす視線のやり取りの意味も分からないまま、エリザは挨拶をして退室するのだった。

エリザが当初与えられていた部屋は、城から出ていった時のままにされていた。

「――というわけで、おかえりなさい」

部屋に戻ってきたエリザに、案内としてついてきたアレクが言った。

彼のその言葉に、エリザはようやく安堵から胸を撫で下ろす。

「ありがとうございます。皇妃陛下にお許しいただけてホッといたしましたわ。城には戻れずとも仕方ないと思っていたのですが」

「あんなところに一人でいて『仕方ない』とは。心配する身にもなってください」

「それについては申し訳ありません。でも、殿下があの夜いらしてくださって、私、嬉しかったですわ」

「でしたら、こちらの部屋にも夜に通いましょうか？」

「……からかわれるのは嬉しくありませんわね」

エリザはアレクを半目で睨んだ。

微笑みを浮かべたその表情からは、何を考えているのかさっぱり読めない。

だが、その瞳を見れば、ほのかに赤みを帯びている。

（上機嫌……私が城に戻れるようになって喜んでくださっている、ということかしら？

責任感のお強い方のようだし――）

「母のこと、ありがとうございました」

瞳を観察するように眺めていたエリザに、アレクは改まってそう告げた。

「あなたがいなければ、母はきっと危うい状態になっていました。追って、お礼をさせてください」

「そんな、こちらに戻れただけで十分ですわ」

「足りませんよ。あなたをコレニアからお連れして、本当によかったと思っています。あなたは早々に、私が思っていた以上の働きをしてくれました」

「身に余るお言葉、光栄ですわ」

「そういえば……なぜ死のダイヤの話を広めて欲しくないのですか？　そんなに危険な代物なら、周知した方がいいとも考えられますが……茶会のあと、産地の情報を明かさなかったのも、話を広めないため、ですよね？」

アレクが思い出したように言った。

茶会から皇妃が立ち去ったあと、アレクはエリザに事情を聞いた。何か知っているのか、と。けれどエリザは「今は詳細を話せません」と回答を渋った。

……できれば忘れていて欲しかった。

そう思いながら、エリザは重い口を開いた。

「ええ、仰るとおりです。黙っていたのも、死のダイヤを産出した鉱山地域へのお咎めを懸念したからですわ……帝国の内政事情や殿下のお人柄がまだよく分からなかったため、お伝えしていいか判別がつきませんでした」

「ペルシフォンの人々を庇った、ということですか？」

「あの鉱山の周辺地域に住んでいた者たちは、当時、酷い差別を受けたそうです」

伝え聞いた差別の詳細を思い出し、エリザの胸が痛んだ。

エリザ自身、瞳が赤いことで祖国では疎まれて育った。だが、ペルシフォンの民が受けた差別は、その比ではない。

「……鉱山のせいで差別され故郷までも追われているにもかかわらず、ペルシフォンの一部の人々は今も各地に散った死のダイヤを探しているそうです。その存在を葬《ほうむ》り去ることで失われた故郷を取り戻そうと奮闘しているのだとか。そのような中で、件《くだん》のダイヤが皇妃陛下を殺しかけたと大々的に広まってしまえば、彼らの積年の努力が無駄になる。彼らは再び虐《しいた》げられ、差別されてしまう……それゆえ、情報を伏せたまま解決する道はないかと考えてしまいました」

「なるほど。あなたの優しさだったわけですね」

エリザの説明に、アレクは納得したように頷いた。

しかし、すべてに納得したわけではなかったらしい。

「あなたは先ほど、母が特効薬を飲んだことで、もう大丈夫だと判断し、話してくれたのでしょう。しかし、もし特効薬が手に入らなければ、どうしたのですか?」

アレクは微笑みを浮かべたまま尋ねた。

しかし、瞳だけは青みを強めて冴《さ》え冴《ざ》えとしている。

その冷たい視線を受け止めながら、エリザは彼の目をまっすぐに見て答えた。

「もちろんその可能性もありましたし、その場合もお話しするつもりでした。差別やお咎めの回避を理由に、皇妃陛下が命を落としてよいことにはなりませんから」

皇妃の命に別状がない期間は、エリザにはおおよそ把握ができていた。

特効薬の入手も、離宮では難しくとも、この城からならさほど難はない。最悪、皇妃が体調を崩してから特効薬の手配をしても、間に合うだけの時間的な猶予はあった。そして、皇妃の体調に少しでも変化が現れたら、目敏いアレクならば気づかないはずがない。

エリザはそこまで考えた上で、茶会のあとに詳細を話さないことを選んだのだ。

「……ですが、私の判断で皇妃陛下のお心を煩わせてしまったのは事実です。罰はお受けいたします」

「罰なら、あなたはもう受けました」

「え? ……いつ、どのような罰を?」

「山中の離宮での一人暮らしは、ご令嬢だったあなたには十分すぎる罰かと」

「その……それでお許しいただけるのでしたら、私としてはありがたい限りですが。本当にそれで、よろしいのですか？」

「ええ。母も納得済みです」

微笑むアレクは、先回りして考えていたようだ。

状況について思考を巡らせていたのが自分だけではなかった……それが分かり、エリザはホッとした。取り越し苦労に終わったからよかったものの、そうでなかった時のことを考えると、未だに足元が震えそうになる。

「ただ、私の人柄が分からなかった、という点は問題ですね」

安堵していたエリザは、その言葉に再び緊張した。

アレクは、薄く目を細めて続ける。

「馬車で長旅を共にしたのに、信用されていなかったということだ」

「それは……そう、なりますわね。申し訳ありません……」

自分へのお咎めを覚悟して、エリザは項垂れた。

だが、アレクは咎めたりなどしなかった。

その代わり、エリザの手を取り――その甲にキスをした。

「では、これから知ってください。私がどういう皇太子で、どういう男かを」

上目遣いで見つめられ、エリザは混乱する。

咎められなかったことに対してではない。彼の瞳が、まるで熱を帯びたように、先ほどよりも赤みを増していたからだ。

(これは……どういう気持ちでいらっしゃるのかしら?)

困惑しながら、エリザはアレクの瞳をまじまじと観察する。

彼の瞳の色に感情が出るという、エリザの仮定が間違いなのか。

それとも、彼は瞳すら、エリザをからかう道具として使っているのか。

いずれにせよ、当分は手放しで信用できない方だわ、とエリザは改めて思ったのだった。

第三章　片割れのイヤリング

エリザが城に戻って数日後。

件の特効薬が効いたらしく、皇妃はすっかり体調を取り戻していた。その皇妃から、エリザが改めて茶会に招かれた時のことである。


「私が、城の宝石の管理を？」

バラの庭園の東屋《ガゼボ》で、エリザは目をぱちくりさせた。

テーブルの向かいに座った皇妃が「ええ」と頷く。

彼女の首元には、もう例の首飾りは付けられていない。城には宝飾品の保管庫があるのだが、首飾りはそこに仕舞われていた。

その保管庫の管理人をやらないか、というのが皇妃からエリザへの提案だった。

「保管庫の中の宝飾品は、状態や数が揃っているかを定期的に確認しないといけないの。それで、これまでは信頼できる侍女を選んで管理を任せてきたのだけれど、あの首飾りを侍女たちも怖がってしまって……誰も保管庫に近寄りたがらなくて……」

「ああ……身につけなければ大丈夫とはいえ、恐れる気持ちは分かりますわ」

ため息をつく皇妃に、エリザは同意した。

皇妃を殺しかけた呪いの首飾りである。首飾りは言わずもがな、その保管場所にも忌避の感情が湧くのは当然だ。

「適当な使用人に任せるわけにもいかないし、あなたにお願いできないかしらと思って。どうかしら、エリザ？　保管庫の宝飾品は国宝級のものばかりだし、宝石に興味があるあなたにとっても悪い話ではないと思ったのだけど」

「帝室の宝石を拝見できるのは、大変ありがたい話ですが……」

「あら、何か不都合でも？」

「……いいえ。ございませんわ」

また『宝石喰いの悪女』の名に箔《はく》が付きそうだと思ったが、エリザは言わずにおいた。

実際、皇妃が言うように悪い話ではない。

コレニア王国のダイヤモンド・ティアラや、アレクのルビー・ブローチのような市場価格を付けようがない国宝級の宝石は、おいそれとお目にかかれるものではない。だが、その管理を任される立場ならば話は別だ。

エリザとて、宝石の美しさに興味がないわけではない。

研究が第一の目的であるため、無理に買い漁《あさ》ろうとは思わない。だが、それでも目にしたいという欲求はあった。それも恐らく、人並み以上に。

「私でよろしければその役目、謹《つつし》んでお受けいたしますわ、皇妃陛下」

背筋を正して、エリザはそう答えた。

こうしてエリザは、城の宝石の管理を任されることになったのである。

◇

宝飾品の保管庫は、皇族が居住する、城の中央部に造られていた。

中央部の最奥には皇帝の、そしてその手前には皇妃や皇子の居室がある。それらからほど近くにある塔が保管庫だ。

宝飾品には宝石が付き物であることから、この塔は〝宝石の塔〟と呼ばれていた。

塔の入り口には見張りの兵がおり、侵入者に目を光らせている。

そこを通過した先、鍵がかかった保管庫の手前には、一室、小さな部屋が設けられていた。保管庫から出し入れする宝飾品の確認や、メンテナンスなどを行うための作業部屋だ。

保管庫は窓がなく出入口は施錠された扉のみだが、この作業部屋は窓があり、そこからは城下の景色もよく見える。こぢんまりとした部屋ではあるが、一人黙々と籠って宝飾品と向き合うには持ってこいの部屋であった。

「あの……本当に、よろしいんですの？」

作業部屋の中を見渡し、エリザは夢見心地で背後に尋ねた。

そこにいるのは、アレクだ。

「ええ。あなたの研究室として、ご自由にお使いください。〝これ〟の他にも必要な物があれば用意させましょう。使用人に伝えてください」

アレクが手で示した先には、作業用の卓がある。

そして、その傍らには見覚えのある木箱が置いてあった。

エリザが山中の離宮で行商人から取り寄せながらも、使うことなく置いてきた研究用の道具だ。

「荷物を運び入れてくださっただけでもありがたいのですが」

「それでも十分ではないのでしょう？　そういう顔をされていますよ」

「殿下のお心配りに感謝いたします。では、必要な物があれば改めてお伝えいたしますわね」

「あなたの研究は、我が国にとって重要なものです。投資でもありますので、遠慮せずお知らせくださいね。では、宝石の管理、よろしくお願いします」

そう告げてアレクは立ち去った。

エリザは彼の背に「かしこまりました」と丁寧《ていねい》に礼をして見送る。

「……さて、と」

部屋の中で一人になったエリザは、室内を見渡した。

欲していた宝石研究のための部屋。それが思いがけず手に入ってしまった。

「ここに棚が欲しいわね。せっかくだし文献も集めてもらいましょう」

内心うきうきしながら、エリザは木箱を開けた。

中から道具を取り出す。

重さを量る秤《はかり》、宝石の傷や内包物を観察するための拡大鏡が倍率違いで数点、宝石を研磨するやすりや、作業用の手袋……それらを作業卓の上に並べていく。

（ここでなら原石だけじゃなく裸石《ルース》も扱えるから、細かい作業をするために形状が異なるピンセットが欲しいわね。あとは肝心の裸石だけど――）

裸石とは、研磨されカットを施された宝石で、指輪などの宝飾品の枠や台にセットされていない状態のもののことだ。

裸石や研磨前の原石の標本は、そのうち実家から送られてくる手筈《てはず》になっている。アレクにわざわざ頼んで用意してもらわなくてもいい。

しかし実家にもない裸石は別だ。

そして、エリザには手に入れたい裸石があった。

（――やっぱり、あの〝偽ダイヤ〟の裸石が欲しいわね）

故国の婚約式で自分が投げ捨てた、国宝のティアラ。

実はエリザは隣国へとやって来てからも、あのティアラに使われていた偽のダイヤのことを考え続けていた。

（よく出来た偽物だった。あれが市場に出回れば大変なことになるわ。その前に、見分け方を確かなものにしなくては……）

エリザの目で見分けられても、宝石商が騙される可能性はある。それくらいよくできた代物だった。一般人の目には、本物も偽物もまったく同じに見えることだろう。

エリザは、できる限り簡易的に見分ける方法を編み出したい、と考えていた。そのために偽ダイヤの裸石が欲しいのだ。いくつかあれば、叩いたり砕いたりして硬度の違いや劈《へき》開《かい》――割れ方も確かめられる。

（……とはいえ、あれは一体どこからやって来たものなのかしら）

エリザは、あの偽ダイヤを、あのティアラ以外で見たことがない。

市場には常に目を光らせてきたし、目新しく安価なものは可能な限り入手してきた自負がエリザにはある。となると、あの偽ダイヤは、大量生産することが難しいか、作られ始めて間もないものである可能性が高い。

（あれについては、出どころを突き止めておきたい……殿下にお話しする機会があれば、その時に直接お願いしておきましょう）

思考をまとめたエリザは、道具を並べていた作業卓から顔を上げた。そうして、視線を部屋の奥に向ける。

視線の先の壁には、重厚な扉が埋め込まれていた。宝石庫への入り口である。

エリザはその扉へと向かった。

懐から一本の鍵を取り出す。王妃から預かってきたものだ。それを使い、エリザは宝石庫の扉を開けた。窓がないので、中は真っ暗だ。扉の外にランタンが置いてあったので、エリザはそれを手に中へと入った。

「……はあ」

エリザは思わずため息を漏らしていた。

色とりどりの宝石があしらわれた、黄金や白銀の宝飾品。それらが悠然と棚に並んでいる。ルビーの腕輪にエメラルドの指輪、サファイヤの耳飾りにパールの首飾り——どれもこれも素晴らしい品質のものばかりだということは、様々な宝飾品をつぶさに観察してきたエリザには一瞬で分かった。自然と見惚れてしまう。

この中から皇妃を始めとした皇族の身につける品を運び出したり、宝飾品を磨くなどのメンテナンスをしたりするのが、作業部屋と共にエリザに与えられた仕事だ。

「なんて最高の職場なの……」

うっとりしながら、エリザは呟く。

これは仕事というより、むしろご褒美《ほうび》ではないだろうか……そうとしか思えず、エリザはこの状況に感謝したのだった。

◇

エリザが宝石の塔の管理を任されてから、数日が経った。

特に問題もなく、エリザは仕事をこなしている。

とはいえ、日ごとに皇妃が身につける宝飾品を見繕《みつくろ》い、戻ってきた宝飾品を磨いて所定の棚に戻すだけで、それ以外は自由に過ごしていた。その自由になる時間には、用立ててもらった文献を作業部屋で読んだりしている。

ただ、ずっと気ままに一人きり、というわけではない。

「エリザベート様。こちらをよろしくお願いいたします」

作業部屋へとやって来た侍女が、恭しく盆を運んできた。

ベルベットで覆われたその上には、今日一日、皇妃が身につけていた大ぶりのアメジストのネックレスとイヤリングが載っている。宝石庫の宝飾品だ。

「お預かりいたしますわ」

エリザはそう言って、侍女から盆を受け取る。侍女はそれで仕事は済んだと言わんばかりに、素っ気なく作業部屋から出ていった。

宝石庫の管理を任されてから、エリザには関わる人間が増えた。

今し方やって来たような、皇妃の身の回りの世話をする侍女たちである。

呪いの首飾りの一件で立場がよくなったとはいえ、城の人間たちは基本的にエリザのことを避けていた。だが、皇妃が身につける宝飾品をここに取りに来なければならない以上、侍女たちはエリザを無視できない。そのようなわけで、わずかだが接触する時間が生ずるようになった。

離宮に送られる以前は、彼女たちにも避けられ、遠巻きに陰口を囁かれているだけだったエリザである。その時と比べると、これは大きな変化だった。それも、恐らくいい変化であろう。

（……とはいえ、お一方との関係は悪化しているのだけれど）

宝石庫の中に届けられた宝飾品を収めたあと、エリザは棚の前でため息をついた。

呪いの首飾りの一件がもとで、エリザのことをとりわけ嫌うようになった女性がいたのを思い出したからだ。

「ごきげんよう、メリンダ様」

作業部屋から自室へ戻る途中の回廊で、エリザは鉢合わせしたすらりと背の高い貴婦人に一礼した。

侍女長のメリンダである。

彼女は、その厳しく淡々とした態度から、他の侍女たちの間で『鉄の貴婦人』と恐れられていた。そんなメリンダと、毎日この時間エリザは遭遇している。彼女は皇妃の夜の支度のために部屋へと向かうところのようだ。

「……」

挨拶したエリザの傍らを、メリンダはにこりともせず無言ですり抜けた。

これも毎日のことだ。

(気まずいのよね……)

そう思えど、新参者のエリザから挨拶しないわけにもいかない。

何せ相手は皇妃に仕えて云《うん》十年のベテラン侍女長である。エリザはメリンダが回廊の先に消えるまで、黙ってやり過ごした。

メリンダは、エリザのことを嫌っている。

だが、最初からそうだったわけではないようだった。

この城に連れられてきた当初は、まだ挨拶を交わしてくれていた。「ごきげんよう」と返されていたのだ。挨拶すらしてもらえず、仕事で関わる時以外では存在しない者のように扱われだしたのは、呪いの首飾りの一件があってからである。

「……きっと怒ってらっしゃるのよね」

「何の話ですか？」

背後から突然聞こえた声に、エリザは「きゃっ」と悲鳴を上げて飛び上がった。

驚いた拍子に足がもつれ、身体のバランスが崩れる。

倒れる、と身構えた瞬間、エリザは腕を掴まれた。

「おっと。危ない」

「ああ……殿下でしたか」

見れば、背後にいたのはアレクだった。

エリザをしっかり立たせてから、彼は申し訳なさそうに眉尻《まゆじり》を下げる。

「驚かせてしまい、失礼しました」

「いえ、こちらこそ取り乱してしまい申し訳ありません」

「それで、誰が怒っているのです？」

「ええと……それは……」

改めて尋ねられて、エリザは答えに窮した。告げ口をするつもりも毛頭なかったし、陰口のようになるのは嫌だったからだ。

そんなエリザの反応に、アレクは口の端を上げた。

「当ててみせましょうか？　メリンダでしょう？」

「どうして――……ああ、なるほど。殿下は今、あちらからいらっしゃいましたものね」

背後から来たということは、アレクは今しがたここを通ったメリンダともすれ違っているはずだ。そのことに気づいたエリザは、隠すだけ無駄だと判断する。

「ええ。メリンダ様のことですわ。私にお怒りのご様子でいらっしゃったので、そのことについて考えておりました」

「メリンダから何か言われた？」

「いいえ、何も……むしろ、何も言われないことに悩んでおりました」

「確かにメリンダは怒ると黙る人間ですね。元々が寡黙《かもく》ではありますが」

「やっぱり怒ってらっしゃるんですね……」

アレクの言葉に、はあ、とエリザはため息をついた。

何となくの予想でしかなかったのだが、裏付けが取れてしまった。

「しかし、メリンダはなぜあなたに怒っているんです？　何かやらかしたとか？」

「やらかしたかどうかは、物事を誰がどう見るかによるかと思いますが……メリンダ様の私に対するご様子が今のようになられたのは、呪いの首飾りの件があってからです」

「ああ、なるほど」

言葉少ななエリザの答えに、アレクは納得したようだった。顎《あご》に軽く指を添えて、ふむ、と頷く。

「皇妃様が苦しむ前になぜお助けしなかったのだ、と思われているのかもしれません。あるいは、私が皇妃様を苦しめた張本人だと考えていらっしゃるのかも……いずれにせよ、あの一件からメリンダ様には輪をかけて嫌われてしまったようですわ」

エリザは努めて明るくそう言った。

宝石喰いの悪女という悪名は、エリザがやって来る以前より祖国から伝わっていたのだ。悪名に付随した悪評も、尾ひれを付けて伝わってきているに違いない。となれば、元々メリンダに好かれていなかったことは確かだろう。

だが、厳格な侍女長は、隣国から招かれた貴族令嬢に対して真摯《しんし》に接してくれた。それが変わったということは、変わらざるを得ない怒りが生じたからに違いない。

そんなメリンダの態度の変化に、エリザは思わず考えてしまうのだ。

あの時の、自分の行動や選択は間違っていたのだろうか……と。

「……メリンダが怒っているのは、あなたにだけではありませんよ」

「え？　あの、それはどういう……？」

「メリンダは真面目で高潔な女性です。恐らく、母の身近に侍《はべ》っていた身でありながら異変の原因に気づかなかった自分を責めているのでしょう」

「ご自分を責めて……？」

「彼女はそういう、自分にも厳しい人間なのですよ」

「『も』ということは、他人にも厳しいということですわよね？」

「あー……そういうことになりますね。あなたは耳聡いなぁ」

「はあ……やっぱり、私にも怒ってらっしゃるということですわね」

「自身に向けた行き場のない怒りも、まとめてあなたに向いてしまっているのかも」

「お慰めいただき感謝いたします。でも、どの道、私に怒りが向いていることには変わりありませんわ……」

エリザは肩を竦めた。

どうしたものか、と考えるも、すでに過ぎてしまったことだ。どうしようもない。

宝石庫の管理人として真摯な仕事ぶりをメリンダにも見せ続けていれば、あるいは歓心を得ることもできるかもしれないが……。

「……そういえば殿下。メリンダ様のイヤリングなのですが、片耳だけなのは以前からなのですか？」

ふと気になって、エリザはアレクにそう尋ねた。

突然の質問に、アレクは「イヤリング？」と繰り返す。

「はい。同じイヤリングを、いつも左耳だけに付けていらっしゃる気がしたもので」

メリンダは、いつも赤い宝石の付いたイヤリングを付けている。

エリザが遠目に見た様子から、使われている大ぶりな宝石はガーネットのようだった。ガーネットは、ルビーと似た赤色系統の宝石だ。しかし、ルビーと比べると少し落ち着いた印象に見えることが多い。そのガーネットのイヤリングを、メリンダは左耳にだけ付けていた。

少なくともエリザが顔を合わせた日には、必ず左耳にだけイヤリングを付けていた。

エリザの補足を聞いて、アレクは「ああ、なるほど」と頷く。

「あれは、以前からですね。私が気づいた時には、あの片耳に付けるスタイルだったかと……つまり十年以上前からですね。イヤリングも、確かにずっと同じものです」

「そうですか……」

「何か気になる？」

「少々、不思議に思いましたの。あのように片耳にだけイヤリングを付けるというのは、大して珍しくもありません。ですがメリンダ様に限っては、何というか……らしくない、と申しますか」

メリンダは、キッチリした性格の持ち主だ。

身にまとうドレスや髪型も、いつもキッチリ左右対称で、その仕事ぶりも同じくキッチリしている。宝飾品を盆に載せて返しに来る時も、耳飾りは左右でわずかもズレがないように位置を揃えて運んでくる。

非対称、という言葉がここまで似合わない人も珍しい、とエリザは思っていた。

だからこそ、あの片耳だけのイヤリングが気になったのだ。

「いつもあの状態だったので、気にしたこともありませんでした……が、言われてみればメリンダらしくはないな。左右でキッチリ揃えることを美学にしている節すらあるのに」

「やはり殿下もそうお感じになられますか？」

「ええ。私も子どもの頃、よく服の襟《えり》やら裾やらについて、左右対称のものはキッチリ左右対称に揃えるよう、厳しめに注意されたものですから」

アレクはそう言って苦笑した。

今の彼は衣服を美しく着こなしていて、メリンダに叱《しか》られていた姿など想像できない。

「ずっと身につけているということは、おしゃれをしているというより、メリンダ様にとってはもっと別の……何か思い入れのある大事なイヤリングなのかもしれませんね」

「そうですね。母も、あの呪いの首飾りを外すように進言した際に聞き入れませんでしたが、あれも従姉の形見だったからという理由がありましたし……そういえばエリザも、その指輪を大事に身につけていますよね」

言われて、エリザは自分の手元を見た。

左手の小指には、ルビーの指輪が嵌められている。

コレニア王国の国王からの贈り物だ。祖国の城を出立する際に渡されてから、今日までエリザは肌身離さずに身につけてきた。

「……お守り、みたいなものかもしれませんわね」

エリザは指輪を見つめてそう口にした。

この指輪は、祖国との繋がりを表すものだ。自分を守ってくれる気がした。

そして、ここディミトリア帝国では、赤は魔除けの色だという。

もしかしたらメリンダにとってのあの片耳だけのイヤリングにも、そういった意味が込められているのかもしれない。そう考えると、距離を感じていたメリンダのことが、エリザにも少し身近に感じられた。

「お守りなら、いくつあっても構いませんか？」

不意に、アレクが真面目な顔で言った。

独《ひと》り言の類かと思ったのだが、どうやら尋ねられたようだ。エリザは目を瞬く。

「ええ……二つでも、一つでも、身につける本人がしっくりくるようなら、いくつでも構わないかと」

「そうですか。やっぱり赤い宝石がいいのかな」

「？　赤は魔除けの色ということですし、そうかもしれませんわね？」

ふむふむ、と頷くアレクは、なぜか満足げだ。

瞳の色も赤みがかっている。機嫌がいい証拠……のはずだ。

その理由はよく分からないまま、エリザは「失礼いたします」と一礼して彼と別れた。

メリンダの左耳からイヤリングが消えたのは、それから数日後のことだった。


メリンダの左耳に、イヤリングがない。

その光景は、城の中で働く人間たちに違和感を覚えさせた。

それだけ、イヤリングはメリンダという人物にとって、あって当然の物だったのだ。

最初、皆は付け忘れだろうかと思っていた。しかし、それ以降何日もイヤリングはないまま……とうとう皇妃がメリンダ本人に尋ねた。

「ねえ、あのイヤリングはどうしたの？　いつも身につけていたのに」

「……実は、盗《と》られてしまったもので」

「盗られたですって？　一体、誰に？」

「あの全身黒ずくめの、忌々しい――」

回廊を並び歩く二人。

その会話を、たまたますれ違いざまに聞いた使用人がいた。

使用人は、その話を他の仲間に話した。『全身黒ずくめ』『忌々しい』――それらの言葉に、使用人たちが一斉に思い浮かべた人物がいた。


「……どうして私が盗ったってことになっているのかしら」

朝、宝石の塔の作業部屋へとやって来るなり、エリザはため息をつきながら零した。

いつもに増して侍女や使用人たちの視線が痛かったので聞き耳を立てたところ、どうも自分がメリンダのイヤリングを盗んだ犯人だということになっているらしい。

もちろん、エリザは犯人ではない。

イヤリングの行方についても与《あずか》り知らぬところだ。

そもそも、メリンダのイヤリングのことは、エリザも気になっていたのだ。

あるべき物があるべき場所にない、とでもいうのだろうか。片耳だけを飾るイヤリングがなくなったことで左右対称になったというのに、逆にバランスを欠いたように感じられて落ち着かない。そんな風に思っていたのだ。

（私が犯人だっていう噂、一体どこまで広がってるのかしら……）

ただの陰口なら無視もできるが、さすがに今回の噂はたちが悪い。

どうしたものか、とエリザは唸った。

使用人たちに訂正して回ろうにも、恐らく意味がない。

噂があって忌避されているのではなく、忌避から噂が発生しているのだ。

そもそも、数日前ならいざ知らず、今は使用人に声をかけるだけでサッと逃げられてしまう状態である。話を聞いてもらうことも難しい。

宝石の塔へとやって来る侍女たちも、明らかに噂を意識してだろう、以前よりも足早に去っていくようになった。噂を訂正するだけでなく、ちょっとした会話すらできない。

この城で今エリザとまともに話をしてくれるのは、アレクと皇妃しかいない。

だが、二人は皇族である。あちらから呼ばれれば別だが、立場上、エリザからおいそれと会いにいくわけにもいかない。

消去法で、エリザができることは限られていた。

(こうなったら、メリンダ様に直接お話を伺うしかない……)

そう決めたエリザは、普段どおり仕事に専念することにした。

探し回らずとも、メリンダとは仕事終わりに毎日同じ回廊ですれ違う。その際に話を聞こうと思ったのである。

そうして一日の業務を終えて、エリザは自室へ戻るための回廊へと向かった。

だが……。

(……メリンダ様と会わないわね?)

いつもなら、ここでメリンダと鉢合わせになるのだ。けれど今日は違った。

(何か普段と異なるお仕事をされているのかしら——)

そう考えながら歩いていたエリザは、不意にその足を止めた。

回廊の先に、メリンダを見つけたからだ。しかも、窓から外へ身を乗り出している。一見しただけでも分かる危険な体勢だ。

そのメリンダの身体が、がくん、とバランスを崩した。

「メリンダ様⁉」

呆然《ぼうぜん》としていたエリザは慌てて駆け寄る。

そうして、メリンダの浮き上がった腰にしがみついて己の全体重をかけた。

その咄嗟《とっさ》の行動が功を奏した。

メリンダは窓の外に落ちずに済んだ。共に回廊に尻餅《しりもち》をつくように倒れ込み、エリザは安堵の声を上げる。

「ああ、よかった……！」

「え、エリザベート様？　ありがとうございます、でも、どうして？」

「それはこちらの台詞《せりふ》ですわ……」

はあー、と深々と息を吐き出しながら、エリザは答えた。

落ちなくて本当によかったと思うも、気持ちはまだ落ち着き切っていないらしい。指先が意思に反して震えている。

「あの……メリンダ様。なにゆえ、あのような危険な体勢をなさっておいでで?」

「……探し物をしていたのです」

「窓の外を、ですか? あの、もしかして――」

「申し訳ございません、エリザベート様。ご迷惑をおかけいたしました」

詮索《せんさく》はされたくなかったらしい。メリンダは早々に話を切り上げると、足早に回廊から立ち去ってしまった。

一人その場に残されたエリザは、去ってゆくメリンダの後ろ姿を見つめる。

鉄の貴婦人と呼ばれている彼女には似合わぬ、弱々しい姿だった。探し物が見つからず、落胆しているようだ。

(お話、伺い損ねてしまったけれど、探してたのって、きっとあのイヤリングよね……でも、私にはご興味がなさそうだった……)

ふと、エリザはそこで気づいた。

(……ということは、メリンダ様は、私に盗られたとは思っていないのでは?)

メリンダには嫌われている……とエリザは自覚している。

しかし、嫌いな相手にイヤリングを盗まれたと彼女が考えているなら、今ここで犯人とされている宝石喰いの悪女を問い詰めなかった理由が分からない。むしろ渦中のメリンダを差し置いて、噂だけが独り歩きしている可能性があった。

（窓の外をお探しになっていた理由が分からないけれど、あんな風に危険を冒《おか》してまで探しているということは、メリンダ様にとって、それだけ大切なものを失くされたということよね……）

エリザにとって、正直、メリンダは苦手な相手だ。

怒りと嫌悪を隠さずに向けられて、それで何とも思わずにいられるほど、エリザは強くもなければお人好《ひとよ》しでもない。祖国で敵視してきていたマーキスやプリシラなどとは比ぶべくもないが、あまり関わらずに済むならその方がいいとは思う。けれど、

（……お力になれないかしら）

何だか放っておけない、とエリザは考える。

親切心――というよりも、あのイヤリングがあるべき場所にない。そんな気がして、単純に嫌だったのだ。

それに、イヤリングがメリンダの元へと戻れば、それは翻ってエリザの無罪を証明することにもなる。悪い方向へ際限なく広がり続ける噂の根を断つというメリットがある以上、利他的なだけの動機というわけでもない。

（メリンダ様、そういえばなぜ窓の外を探していたのかしら？）

ふと気になったエリザは、メリンダが覗き込んでいた回廊の窓から外を見る。

回廊は城の三階部分にあって、窓の外は中庭だ。中庭には植木があって、ここからだと木のてっぺんが見える。

だが、それらが植えられているのは、窓から離れた位置だ。ここからイヤリングを落としたとしても引っ掛かりそうにない。窓の真下、城壁自体にも、何かが引っ掛かるような場所はなかった。

窓から中庭を見下ろして、うーん、とエリザは唸った。

そもそもエリザが思いつくような場所ならば、すでにメリンダが探しているだろう。それに、あんな大ぶりな宝石が付いているのだ。道端に落ちていれば誰かが気づくはずである。となると、最悪、誰かが着服した可能性も――。

「――あっ」

ふと思いついて、エリザは間の抜けた声を上げた。

メリンダが探していない……というか、探せない場所がある。

宝石の塔の保管庫の中だ。

あそこは現在、基本的にはエリザの許可なくして入れないことになっている。保管庫の扉を開ける鍵を皇族以外で持っているのも、管理を任されたエリザだけだった。

（もしかしたら、宝飾品をお戻しにいらっしゃった際に紛れ込んだりしたかも……）

その可能性を思いつき、エリザは回廊に佇《たたず》んだまま黙考した。

メリンダも、宝石の塔へと宝飾品を返却に来たことがある。エリザは保管庫から出し入れした宝飾品のことはきちんと把握していたが、万が一にも紛れ込んでいる可能性は完全に排除できない。

しかも、保管庫の中の宝飾品の数は膨大だ。

国宝級のものだけでなく、それ以外にもたくさん――それこそ数百点ものジュエリーコレクションが保管されているのだ。何が保管されているかはエリザもすでに覚えているが、紛れ込んでいるものに関しては別だ。

（……あの保管庫の中を探してみましょう）

結論を出したエリザは、踵《きびす》を返す。

そうして善は急げとばかりに、足早に宝石の塔へと戻った。

宝石の塔へと戻るなり、エリザは保管庫の扉を開けて中に入った。

「すぐに見つかればいいけど……」

保管庫の中を見渡して、エリザはぽつりと呟いた。

来る前に分かっていたことだが、すべての棚と並んでいる宝飾品を確かめるのには、少々、時間がかかりそうだった。

「この機会に目録を作っておきましょうか」

エリザは一つ頷いて、保管庫を一旦あとにした。

作業部屋に戻ると、作業卓の上に羊皮紙を広げ、羽ペンを取る。保管品の目録を作っておけば、今後の管理上、役にも立つだろうと思ったのだ。

羊皮紙とペンを手に、エリザは保管庫に戻ると、棚と宝飾品を順番に確かめていった。

作業はその日のうちには終わらず、翌日に持ち越した。

朝、皇妃のための宝飾品を受け取りにやって来た侍女に対応すると、そこからエリザは保管庫に籠った。一つ一つ、棚と、そこに収められた宝飾品とを確かめ、羊皮紙に目録を作ってゆく。

眩く輝くダイヤモンドを網目状にぎっしりと並べた豪奢なチョーカー。新緑の草花を模するように金細工が躍るヒスイの髪飾り。輝く星々を集めたようなトパーズのブレスレット。宵闇の時間を閉じ込めたようなアメジストのブローチ――。

息を呑むほど美しい宝飾品の数々を眺めるのは、作業とはいえ、エリザにとっては楽しい時間でもある。淡々と確認しているつもりだが、思わず見惚れてしまうこともあった。

感嘆のため息が出てしまう……。

「エリザ。一体、何をやっているのですか？」

「きゃっ」

内側から鍵をかけていたはずの保管庫の中、背後から聞こえた声にエリザは飛び上がった。

びっくりして腰が砕けそうになる。

だが、背後から伸びてきた腕によって支えられた。

「先日の回廊でもこんな感じでしたね」

肩越しに覗き込んできたのは、アレクだ。

皇太子の腕に全体重を預けてしまっていたエリザは、それに気づき、慌てて彼から離れた。

「失礼しました、殿下……その、どうしてこちらに？」

「保管庫の鍵は皇帝と皇妃、そして皇太子も所有しているんですよ」

「いえ、そうではなく。何か御用があってお越しになられたのでは？」

「あなたが昼食も摂らずに働いていると小耳に挟んだもので」

「え。もうそんな時間ですか」

アレクの言葉に、エリザはぽかんとした。

保管庫には窓がない。陽の傾きで色を変える外の景色が見えないため、時間経過が把握しにくかった。

「ずいぶんと集中していたようですね。それで、ここで何を？」

エリザの様子に、アレクが苦笑しながら尋ねた。

「侍女長であるメリンダ様が、イヤリングをお失くしになったようで……こちらに紛れ込んでいないかと思い、確かめていたのです。それと、せっかくなので保管されている宝飾品の目録を作っておりましたの」

「ああ、そういうことでしたか。確かに、メリンダは最近あのイヤリングを付けていなかったですね……そうか。失くしたのか」

「そのご様子ですと、殿下もイヤリングの行方に心当たりはなさそうですね」

「残念ですが、そのとおりです」

アレクは申し訳なさそうに肩を竦めた。

それから保管庫を見回して、エリザに尋ねる。

「作業には、まだ時間がかかりそうですか？」

「そうですね、まだ……夜には終わると思うのですが」

「何も飲まず食わずでは身体に悪い。作業の効率も落ちるかと」

「それもそうですわね……」

「もしよろしければ、作業部屋のほうに食事を運ばせましょうか？」

「ええ、助かりますわ。ありがとうございます」

「ではそうしましょう。とはいえ、無理は禁物ですからね」

そう言い残して、アレクは保管庫から出ていった。

彼が出ていってからしばらくしたあと、エリザは確認作業を一区切りさせて保管庫から出た。

作業卓の上に、籐《とう》製のバスケットが置いてある。

アレクが使用人に命じて運ばせてくれたものだ。

蓋を開けると、中には塩漬け肉や野菜などの具材を挟んだパンと、蜂蜜水の瓶が入っていた。食べやすいものを用意してくれたらしい。

（本当に気配り上手な方ね……）

アレクに感謝と感心をしながら、エリザは用意された食事をいただいた。

ここ数日、アレクとはほとんど顔を合わせていない。

彼はこの帝国の皇太子として何やら忙しく動き回っているようだった。

祖国のボンクラ王太子であるならともかく、アレクは暇を持て余して遊び惚けているような人ではない。それはエリザも分かっていたし、自分にも仕事があるので、特に気にしなかった。

忙しい人なのだ、彼は。

だというのに、エリザのことも気にかけてくれている。

隣国からエリザを連れてきた手前、彼自身、監督責任のようなものを感じているのかもしれない。だが、それすら誠実さの表れである。

「……負けていられないわ」

頑張ったパンを飲み込み、蜂蜜水で喉を潤して、ほっと一息ついたあと。エリザの口から零れ落ちたのは、働き者の皇太子への対抗心だった。


アレクに勧められた昼食を摂ったのち、エリザは再び作業に戻った。

そうして集中している間に時が経つ。

「エリザベート様。宝飾品の返却に参りました」

作業部屋のほうから声をかけられて、エリザは慌てて保管庫から出た。

窓の外を見れば、すでに日が沈み暗くなっている。

「ああ、失礼いたしました――」

待たせていた相手に謝罪しようとして、エリザははたと気づいた。

　そこにいたのは、メリンダだった。

「お疲れ様です、エリザベート様。こちらが返却の品になります」

「——あっ。は、はい、お預かりいたしますわ」

　エリザは差し出された盆を受け取る。

　そうして今朝持ち出されたネックレスとイヤリングのセットが揃っていることを確認し、戻っていくであろうメリンダを見送ろうとした。

　だが、メリンダはその場に立ち尽くしたままだ。

　侍女たちが足早に去っていくことに慣れていたエリザは、その様子に困惑する。

「ええと、メリンダ様？　まだ何か御用が……？」

「その……エリザベート様が私のイヤリングをお探しくださっているというのは、本当ですか？」

　無表情のまま、メリンダはそう尋ねてきた。

　だが、目のいいエリザには、わずかな表情の変化が見て取れた。普段と比べると、目が伏せられており、どこか申し訳なさそうである。

「ええ、探しておりますわ。でも、どうしてそれを？」

「アレクサンドル殿下から伺いました」

「ああ、なるほど……」

エリザは、昼に保管庫へやって来たアレクのことを思い出した。

メリンダに秘密にしていたわけではないが、彼はきっとエリザとメリンダの関係性を考えて伝えてくれたのだろう。しかし、現段階で見つけられていないし、ついでに目録を作っている片手間の状態なので、少々エリザには気まずさがあった。

「……なぜ、わざわざあなたがお探しくださるのですか？」

メリンダが不思議だというような表情で尋ねてきた。

彼女の耳には『例の噂』は届いていないようだ。厳格な侍女長の前で噂話をする猛者《もさ》はいないということだろう。

そう判断し、エリザは噂には触れぬことにした。告げ口のような形になるのは好ましくないと思ったからだ。

「あのイヤリングは、メリンダ様にとって、とても大切なものなのだろうと思ったからですわ。いつも身につけていらしたし、あのイヤリングはいつも曇りなく輝いておりました。毎日のようによく磨き、手入れをされていたのではと存じます」

人が素手で触るもの、肌に触れるものには、皮脂や汗などの汚れが付く。

メリンダのイヤリングの金属部分は、銀だった。

銀は皮脂や汗が付着すると、そこに含まれる硫黄に反応し、黒く変色してしまう性質を持つ。たとえ触れずに放っておいても、空気中の微量な硫黄に反応して変色してしまうほど繊細な金属なのだ。

　しかし、メリンダのイヤリングには、その変色がほぼ見られなかった。エリザが目を凝らしても見えなかったのだから、よほど状態がいいということだ。

「それと、もう一つ……メリンダ様に、よく似合っていらしたからですわ」

　メリンダにとって、それは思ってもいない言葉だったらしい。彼女は、不意打ちを食らったというような戸惑いの表情を見せた。

「似合って……いましたか」

「ええ。あの宝石なんて、まるで『持ち主は一生あなただけ』とでもいうような顔をしておりましたわよ。ジュエリーに一生という言葉が適切かは置いておいて……というわけで、もしこちらで見つかるようでしたら、すぐにお知らせいたしますわ」

　そう言って、エリザは微笑んだ。

　メリンダを安心させたい気持ちから無意識に出た、死神でも悪魔でもない、令嬢らしい自然な笑顔だった。

　その作らない笑顔が、鉄の貴婦人の心の扉を緩めたのかもしれない。

「……恋人からの贈り物だったのです」

　メリンダが、そうぽつりと零した。

　突然の話にエリザは目を瞬く。

「恋人から、ですか」

「はい。もう二十年も前のことですが」

「やはり大切なものではありませんか。絶対に見つけなければ——私はイヤリングの捜索に戻りますわね！」

「あ、あの、エリザベート様……すでに探していただいているところで大変申し上げにくいのですが、あれは保管庫にはないと思います」

「え」

保管庫に戻ろうとしたエリザは、その言葉で足を止めた。

振り返ると、メリンダが眉尻を下げ、先ほどとは比較にならないほど申し訳なさそうな顔をしていた。

「それは……ここの宝飾品に紛れ込む可能性がないと、メリンダ様は確信しているということでしょうか？　失くした場所に心当たりがあるとか？」

「はい。失くしたというより、奪われた、という感じですので……」

「奪われた？　一体、誰に——」

「カラスです」

メリンダが苦々しげに答えた。

犯人の心当たりについて問おうとしていたエリザは、予想外の答えに声を詰まらせ目をぱちくりさせた。

「カラスって、あの黒い鳥のカラスですわよね？」

「ええ、そうです。そのカラスにイヤリングを奪われたのです」

困惑するエリザに、メリンダは説明してくれた。

少し前から、城の上空を一羽のカラスが飛び回っていたらしい。

そのカラスが、メリンダが屋外に出た瞬間に木の上から滑空してきて、耳から直《じか》にイヤリングを掠《かす》め取っていったのだという。

「賢《さか》しいカラスです。両手がちょうど荷物で塞がっていたタイミングを狙われたようで、何の対処もできませんでした」

「なるほど。それで回廊の窓から外を探していらっしゃったのですね」

「はい。城内の木の上に、そのカラスがイヤリングを持ち帰るような巣を作っていないかと……残念ながら、そのような巣は見当たりませんでしたが」

そう言って、メリンダは小さくため息をついた。

話を聞いたエリザは、どうにかできないかと考える。しかし、その思考を遮るように、メリンダは首を左右に振った。

「一日の始まりに欠かさずあれを付けるようになって二十年……そろそろ外し時だったのでしょう。エリザベート様のお手を煩わせるまでもありません。もう、探していただかなくて結構ですよ」

メリンダはそう言うと、一礼して作業部屋から出ていった。

立ち去る際に彼女が見せた横顔は、普段どおりに毅然としていた。

しかし、エリザにはそれが寂しげで、どこか泣いてしまいそうな顔に見えたのだった。


「……本当にいいのかしら」

翌日の午後。

宝石の塔の入り口にある作業部屋で、エリザはぽつりと呟いた。

先ほど目録が出来上がったので、それを作業卓で確認している最中のこと。ふと息を入れた拍子に、昨日のメリンダとの会話を思い出したのだ。

――『そろそろ外し時だったのでしょう』

――『もう、探していただかなくて結構ですよ』

メリンダはそう言っていた。

だが、口ではいくらでも本心を取り繕える。

エリザには、メリンダが納得しているようには見えなかった。むしろ、本当に欲しい物を聞き分けよく諦めねばならなかった少女のように見えた。

あのイヤリングを、メリンダは二十年もの間、身につけていたという。朝、毎日欠かさず付けていた、と……もはや彼女にとっては、ただの宝飾品ではなく、魔除け《アミュレット》のような存在になっていたのかもしれない。

そんな風に大切にしていたものを、本当に諦めてしまっていいのだろうか。見つからなかったとはいえ、もっと範囲を広げてでも探すべきなのでは——。

「難しい顔で、何を考えているのですか？」

ひょい、とアレクに横から覗き込まれて、エリザは思わずびくっとした。

顔を見ると、アレクはにっこりした。

「……殿下。いつも心臓が口から飛び出しそうになりますの。もう少し気配をお出しいただけませんか？」

「驚かせたなら、すみません。集中しているあなたの邪魔をしたくなくてですね。まあ、結局こうして邪魔をしてしまったわけですが」

アレクは苦笑しながら肩を竦めた。

エリザは仰《の》け反《ぞ》りそうになっていた姿勢を正してから、口を開いた。

「その……メリンダ様のイヤリングについて考えておりましたの。諦めるからもう探さなくていい、と言われたもので」

「なるほど。それでそんな顔をしていたのですか」

「私、そんなに難しい顔になっていましたか？」

「ええ。この辺りが強張っていましたよ」

とんとん、とアレクは自分の眉間の間を指で叩いてみせた。

エリザは自身の同じ部位に触れてみる。確かに強張っている。知らぬうちにギュッと力を込めていたようだ。

「それで。エリザはもう探さないことにしたのですか？」

「……いいえ」

エリザは首を横に振った。

積極的には探さずとも、頭の片隅には留めておいて、それらしい場所では目を配る。それだけで見えづらいものでも無意識に目が捉えるかもしれない。

「なら、きっと見つかるでしょう」

「何か確証がおありで……？」

「いえ、勘です」

「その勘、信じてもよろしいのでしょうか？　この前、皇妃陛下にカードでお負けになったと伺いましたが」

「おや。耳に入ってしまいましたか。恥ずかしいな」

アレクが肩を竦めながら言った。

言葉とは裏腹に、さして恥ずかしくもなさそうだ。エリザは皮肉のつもりで言ったのだが、アレクにはまったく効いていないようだった。

カード勝負の話を、エリザは皇妃から聞いた。

離宮送りになったエリザを城に戻すために、アレクから皇妃に持ちかけてきたのだ、と

……そして、確かに負けはしたのだが、その結果、彼は離宮まで直接様子を見に来てくれたのだ。

「殿下はカードでは負けなしだと伺いました。なぜお負けになってしまわれたのですか？」

「理由が聞きたい？」

「聞いてみたらいかが？　と皇妃陛下が仰っていたので……何か不都合が？」

エリザのその言葉に、それまで平然としていたアレクが恥ずかしそうな顔になった。

その反応の意味が分からず、エリザは目を瞬く。

「ご体調が優れなかった、とかでしょうか？　それとも、お仕事のことで頭がいっぱいだったとか」

「体調はともかく、確かに頭がいっぱいでしたね。〝仕事のこと〟ではありませんでしたが……」

「仕事のことでなければ、何のことで頭がいっぱいだったのです？」

「当てみてください」

アレクがじっとエリザを見つめる。

問いの答えについて、エリザは考えた。

負けたこと自体よりも恥ずかしがった理由。

仕事のことではない、頭がいっぱいになるようなこと。

思案を巡らせている間に見つめてくる彼の瞳は、ほのかに赤みがかっていた。このやり取りを楽しんでいるのだろうか、それとも――。

「……お腹が空いていらっしゃった、とか？」

考えた末に、エリザはそう答えた。

アレクは目をぱちくりさせたあと、ふっ、と笑みを零した。

「確かに飢えてはいたかもしれません」

くすくす、と笑うアレクに、エリザは首を傾げる。

この反応からすると、間違いだということだろう。

だが、彼の言葉にエリザはそれ以上尋ねるのはやめておいた。アレクが何だかホッとしたように見えたからだ。聞いてみたら？　と皇妃になぜ言われたのかは分からないが、自分が首を突っ込む話でもないだろう、とエリザは判断した。

「あの、ところで殿下。何か御用でしたか？」

「用がなければ、あなたのところに来てはいけない？」

「いえ、そういうわけでは――」

「はい。プレゼントです」

エリザの返答を遮るように、アレクはエリザの手を取った。

重ねられた彼の手から、何か小さく硬いものが転がり落ちる。エリザは、自分の手のひらに載せられた〝それ〟を見つめて、息を呑んだ。

「――これ、あのティアラに嵌められていたのと同じ石？」

ダイヤモンドによく似た、しかしそれとは非なるもの。

婚約式でエリザが投げ捨てたティアラに嵌められていた、あの偽のダイヤモンドの裸石だった。しかも、一つではない。

「研究用に入手できないか、殿下にお願いしようと思っておりましたの……でも、どうしてこれを？」

「最近、巷で流通しているようです。本当によくできていて、一見しただけでは、宝石商たちも含めて、誰も本物と見分けがつきませんでした……あなた以外は」

エリザの手のひらから、アレクはその偽ダイヤを一粒、指先で摘まみ上げた。それを光に翳して眺めながら彼は話を続ける。

「本物の中から偽物だと見分けたのは殿下ですか？」

「ええ。見分け方はエリザが教えてくれたので。あなたと違って、じっくりと時間をかけなくてはいけませんでしたけどね」

アレクは軽い調子で言った。

だが、それがいかに大変な作業だったか、エリザには想像に難くなかった。

「殿下が最近忙しくされていたのは、これが理由ですか?」

「察しがいいですね……実は、この石のせいで少々問題が起きていましてね。これが〝本物〟として市中に出回っているようなのです。実際これも、帝室御用達の宝石商が持ち込んだ宝石の中に紛れ込んでいました」

「……精巧な偽物があるとご存じでなければ、宝石商の方でもこれと本物とを見分けるのは難しいかと」

「大丈夫、罰したりはしていませんよ」

アレクの言葉に、エリザはほっとした。

宝石商さえ騙される……それは、あの偽ダイヤを初めて目にした時から懸念していたことだ。あそこまで本物のダイヤに似た物質は、エリザが知る限りこの世界では存在したことがない。

しかもあれは恐らく自然に出来上がったものではない。本物と比べて虹色に輝きすぎる性質や、不純物が一切混じらない透明感は、人工物特有のものだ。

（つまり、誰かの手で作り出されたということ。一体どこの誰が――）

「ところでエリザ。このダイヤを誰が作ったか、あなたはご存じありませんか？」

エリザの思考を読んだようなタイミングで、アレクがそう口にした。

微笑みを浮かべたままの彼の目を、エリザはじっと覗き込む。

赤くもなく青くもない。ちょうどそれらの中間、アメジストのような紫色に見える。彼の心のうちが平穏な証拠だ。尋問のようなひりついた気配もないので、一応の確認といったところだろう。

「存じ上げておりましたら、とっくにお知らせしておりますわね」

「では、あなたはなぜ見分け方を知っていたのです？　この偽ダイヤの出どころについて知らずとも、見分けられるものですか？」

「私が見分けられたのは、偽物のことを知っていたからではなく、本物のほうをよく知っていたというだけですわ」

エリザは、本物のダイヤをいくつもいくつも、微に入り細に入り観察してきた。それにより、『本物とはどういうものなのか』を理解している。その本物の基準に当てはまらなかったものを偽物だと判断しただけだ。

だからこそ、偽のダイヤを入手したかったのだ。

偽のダイヤを手元に置き、本物にそうしたように観察すれば、偽物の特徴を理解することができる。さらに、一つではなく複数個あれば、物理的な強度や特定の物質との反応、環境の変化で変質するかなどを確かめる実験ができる。

「なるほど……まあ、そうですよね」

「何かについて疑われたのでしたら、心外ですわね」

エリザは、つん、とわざと素っ気なくそっぽを向いた。

それが多少堪えたのか、アレクの顔が申し訳なさそうな表情になる。

「すみません、あなたを疑う気持ちはまったくなかったのですが」

「それは存じておりますわ。殿下は、私が疑われぬために裏を取りたかっただけでしょうし」

「……エリザ。あなたはやはり面白い人だ」

「え？」

不意にアレクが身体を傾げ、椅子に腰かけたエリザの顔を覗き込んできた。

目と鼻の先から見つめられて、エリザはびくりとする。

紫だったアレクの瞳の色が、いつの間にか赤みを帯びていた。

変化に気づいたエリザの内心など知らぬアレクは、エリザの手を改めて絡め取る。そうして、まるで愛の告白をするかのように、真剣な顔で言葉を紡いだ。

「あなたが仰るように、裏を取りたいのです……協力してくださいませんか？」

石造りの店が建ち並び、人々が行き交う賑《にぎ》やかな通り。

ここは、帝都で最も華やかな大通りだ。エリザが帝都へとやって来た際、馬車で通り抜けた道でもある。

「……殿下が私を帝国に連れ帰ったのは、このためですものね」

大通りを歩きながら、エリザは声を潜めて言った。

エリザは今、城で過ごしている時のようなドレス姿ではない。町娘のような、地味なワンピースに身を包んでいる。

そして、その隣を歩くアレクも、周囲の民と同じような衣服をまとっている。

「このため……とは、お忍びでのデートのこと？」

「これは別にデートではありませんでしょう？　調査のことですわよ」

エリザは先日、アレクから〝偽ダイヤの調査〟へ協力するように頼まれた。

あの偽のダイヤモンドが市場に浸透すれば、帝国の領地で産出する本物のダイヤモンドの価値が下がり、やがて取り返しのつかない経済的損失を引き起こす。それは帝国の凋落《しゅうらく》や、最悪、破滅に繋《つな》がるかもしれない……。

懸念したアレクは、偽ダイヤが一体どこからやって来ているのかを早急に突き止めたいと考えた。そのために、一目で真贋を見分けられるエリザに協力を仰いだのだ……お忍びで城下に出て偽ダイヤを一緒に探して欲しい、と。

「宝石の鑑定眼を国のために役立ててほしい……そう仰っていたなと思い出しまして」

「ああ、なるほど。別にそれだけであなたを連れ帰ったわけでもありませんけどね」

「そうなのですか？」

「ええ。自分でも少し前に気づきました」

「殿下でもあとから気づくことがおありなのですね。それで、どうお気づきになりましたの？」

「秘密です」

ああ、まただ、とエリザはアレクの赤みを帯びた瞳を見て思った。

会話の最中、何らかの高揚するような心の動きが彼の内側で起きているのだろう。それが分かっても、エリザにはその理由が判然としない。

（機嫌がよいのよね？　でも、なんで……？）

ちらり、とエリザはアレクを見る。

その視線に気づいたアレクが、にっこり微笑み返してきた。瞳の色以外に、彼の内心を推し量る材料はないようだ。

エリザはその質問への回答は諦めて、別の疑問をぶつけることにした。

「秘密と言えば、殿下はなぜそんなに忍べていないお姿でいらっしゃいますの？　殿下が城下にいると知れたら騒ぎになるのでは……」

アレクは服装こそ地味だが、顔を隠してもいない。

普通はもう少し髪の色を変えたり帽子などの被り物をしたりするのでは……と長い金髪を編み込み目立たないようにしたエリザは思った。エリザ自身も、これだけでは心細かったが、アレクが「それでいいです」と言ったので、従っている。

「下手に隠そうとすると逆に目立つんですよ。街の景色に紛れてしまったほうが、見つからないというものです」

「殿下が仰ると説得力がありますわね。いつも気配を消すのがお上手ですもの」

「気配は出したり仕舞えたりすると便利なんですよ——と、そうそう。その呼び方も変えていただかないと」

「呼び方……あ」

エリザは思わず口元を手で覆った。

確かに『殿下』と呼んでいるのが、誰かの耳に入ったらまずい。そっちの方がよほど騒ぎになってしまう。

「では、何とお呼びすれば……」

「アレクとお呼びください」

にこにこしながらアレクが言った。

祖国を出る際、彼にそう呼ぶよう促されたエリザだが、それを無視して今日まで『殿下』とだけ呼んできた。しかし、今回はさすがに状況が状況である。

「……アレク」

「はい。アレクです」

「なんでそんなに嬉しそうなんですの……？」

「そう呼んで欲しかったからですよ。あなたに、ずっとね」

「なぜですか？　別に私がそのように呼ばずとも、特に不都合はなかったはずですけど」

「これまで家族以外に私の名を愛称で呼べる立場の者がいなかったので、呼んでみて欲しかったんです。それで、我が国の人間ではないあなたなら呼んでくれそうだなと」

「……私はもう、この国の人間では？」

「それはそうだ。弱ったな、そうなると理由がなくなってしまう」

「では、別にこれまでどおり敬称でお呼びする形でよろしいではありませんか。何か問題が？」

「さみしい」

「え──」

エリザが耳を疑ったその瞬間。

ぐい、と腕を引かれて、エリザはアレクの腕の中にすっぽり入った。

何事かと問おうとしてエリザが顔を上げた直後、ガラガラガラ……とすぐそばを馬車が駆けていった。

「危ないですよ、エリザ」

「申し訳ありません…………あの、もうよろしいのでは？」

素知らぬ顔で歩き始めたアレクに、エリザは淡々と尋ねた。

彼に腕を掴まれ引き寄せられたままの状態は、まるで睦《むつ》み合っている恋人同士のようだ。

エリザには、二人のこの距離は近すぎるように感じられた。

「エリザは、あまり街歩きに出なかった？」

離れる素振りもなく、アレクはエリザに尋ねる。

「え？　ええ、まあ、そうですわね。領地では自然の中を散策することはありましたが、王都などでは危険だからと城から出ることもなかったので」

「でしたら、私から離れないほうがいいと思いませんか？」

「アレクは慣れてらっしゃるの？」

「そこそこには」

「……遊んでらっしゃるのね」

「遊んで……って、待ってください。今の、女遊びとかそういう意味合いですよね？　どうしてそうなるんです？」

「それは――」

エリザは言いかけて口を噤《つぐ》んだ。

婚約者だった祖国の王太子マーキスのことを思い出したのである。

城から抜け出して、娼館に通って、そこで見初《みそ》められた娼婦がプリシラだ。

アレクにも、マーキスと同じ一面があるのだろうか。元婚約者と同じように、情婦を抱えているのだろうか。

……あまり考えたくはないことだが、その可能性はある。

だが、アレクをマーキスと同列に語るのは申し訳ない、という気持ちもある。エリザは黙り込んだ。

「あの愚かな元婚約者のことを思い出しました？」

「……申し訳ありません、失礼なことを申し上げました。今のはお忘れくださいませ」

「忘れなければいけないのは、あなたのほうではありませんか？」

アレクの瞳に青い色が差したのに気づいて、エリザは身を強張らせた。

（まずい。殿下の気分を害してしまった……）

アレクがどんな風に暮らしていようと、自分には何の関係もないことだ。なのに踏み込み過ぎてしまったのは、この近すぎる距離感のせいだろうか。

理由はともかく、エリザは己の言動が不敬であったことに反省した。

「アレク。私――」

「どうしたらあれを忘れられますか？」

謝罪を重ねようとしたエリザに、アレクが言葉を挟んだ。

「エリザ。私は確かに、帝国のために役立ってほしいと思い、有能な人材としてあなたを連れ帰りました。けれど、祖国での忌まわしい出来事を忘れさせたい、あなたを笑顔にしたい……そう思ったのも本当です」

「そこまで私にお心を砕いてくださる殿下には、感謝しきりですわ」

「うーん……意図が伝わっていないようですね」

謝意を口にしたエリザに、アレクはどこか残念そうに言った。

「意図？　それは――」

――環境を整えて、よい働きをしてもらうためですよね。

そう口を開きかけて……止めた。

有能な人材として自分を連れて帰った、という彼の思惑は理解できている。仕事の能率は心身の調子に左右されるし、そういう意味ではエリザを慮《おもんぱか》ることでアレクにも益はある。

エリザ自身、アレクに気を遣われることが嫌というわけでもない。

才能の如何を問わず、自分を一人の人間として大事に扱ってもらえているような気がして、悪い気はしないのだ。

であれば、わざわざ確認せずともいい気がした。

「エリザ？」

「……何でもありませんわ。早く参りましょう」

そう言って、エリザはアレクの腕からすり抜け、前へ前へと歩き出した。その時、

「離れないで」

耳元でアレクの声がした。

するり、と自然な動きで、エリザはアレクに手を絡め取られる。

「あの……なぜ手を握るのですか」

「あなたが、どこかに行ってしまいそうだったから」

きゅっ、とアレクが握る手に力を込めた。

それが伝わってきて、エリザは困惑する。

「私、どこにも行ったりしませんわよ。行けるところもありませんし」

「それならいいのですが……エリザは街歩きどころか、この帝都にも不慣れでしょう？　こうしていたほうが安全ですよ」

「こうしていなくとも平気ですわよ。子どもみたいに扱わないでくださいませ」

「そんな風に扱っているつもりはないんですけどね。子どもというより、強いて言えば恋人のほうが近いというか」

「ご冗談を」

エリザは肩を竦めてみせた。

そんなエリザをよそに、アレクは穏やかに微笑む。

「これからいくつか宝石店を視察します。その際に、恋人として見られたほうが都合がいいと思いませんか？」

「それは………確かにそうですわね」

「私とエリザは恋人同士。近々婚約するので指輪を買いにきた――という設定でいきましょうか」

「……承知いたしました」

不満はあるが、納得もできる。

そう感じたエリザは、何だか複雑な気持ちになりながらアレクの提案を呑んだ。

大きな宝石店から小さな露天商まで。

アレクとエリザは、恋人同士のフリをして、いくつもの店を見て回った。

皇太子とバレていないとはいえ、アレクの容姿は老若男女問わず視線を惹きつける。自分も一緒くたに注目されているようで、腕を絡ませて歩くエリザは終始居たたまれない気持ちだった。

そうして、あらかた宝石店を回り終えて、疲労を感じるようになった頃。

「少し休みましょうか」

アレクが、エリザを気遣うように言った。

気疲れから、歩きながらぼんやりしていたエリザは、その言葉にハッと我に返る。アレクと腕を組んでいなければ、置き去りになっていたかもしれない。

「あ……お気遣いいただいてしまって、申し訳ありません」

「いえ、こちらこそ気がつかず、すみませんでした。あちらの木陰で、これを飲みながら待っていてください。お腹が空いたでしょうし、何か食べ物を買ってきます。すぐに戻りますので」

そう言って、アレクはエリザに城から持参した水筒を渡すと、人混みの向こうへと走っていった。

エリザは言われたとおり、近くにある木陰へと向かった。石のベンチがあったので、そこに腰かけてアレクを待つ。水筒の中身はレモンを加えた蜂蜜水で、ほのかな甘酸っぱさが疲れた身体によく滲《し》みる。

喉を潤したあと、エリザは周囲をぼんやり観察するように眺めた。

(手がかりはあったけれど……)

懐に手を入れ、小さな布の包みを取り出し、それを開く。

布の中から出てきたのは、アレクから渡された偽ダイヤの一つ。親指の爪ほどある一番大きなものを、見比べるために持ってきていたのだ。

エリザはそれを手のひらに載せて眺めた。

木の葉をすり抜けた日差しが、宝石に当たり、虹色の光となってエリザの手に零れ落ちる。やはり本物のダイヤモンドに当たった時とは、微妙に異なる光の挙動だ。

立ち寄った宝石店で、エリザは何点か紛れ込んだ偽物を見つけた。

いずれも宝石商が産地で直接買い付けてきたものではなく、仲買人《ブローカー》が持ち込んだものらしい。だが、その仲買人の所在は特定できなかった。偽名に偽の所在、嘘の肩書きなどを重ねているのだろう。城のほうで調査するとアレクは言っていたが、少々骨が折れそうだった。

(……探しているものに限って、なかなか見つからないのよね)

偽のダイヤを眺めながら、エリザは別のものを思い浮かべていた。

メリンダのイヤリング。

もしかしたら古物として流れているのでは……そう期待しながら、エリザは宝石店を見て回った。だが、古物の宝飾品を扱っている店はあれど、メリンダのイヤリングはなかった。

(二十年前のイヤリングだし、今風のデザインにするために再加工されている可能性もある。石を研磨されてしまったら、さすがに分からないか——)

エリザがそんな風に考えていた時だ。

眼前に黒い影が迫ってきた。

カラスだ。

木の上から滑空してきたらしい。

「きゃっ——」

エリザが悲鳴を上げたと同時に、カラスはバサバサと羽ばたき、エリザの手のひらを蹴るようにして飛び上がった。

「び……びっくりした……」

何かキラキラしたものを足に握りしめて飛び去るカラス。その後ろ姿を眺めながら、エリザは呆然と呟いた。蹴られた手のひらが、じんじんとして痛い。しかし、その痛みでエリザは我に返った。

「ああ、やられた……そういうこと……」

痛む手元を見て、エリザは頭を抱えた。

偽ダイヤがなくなっている。

飛び去ったカラスの足の中でキラキラと輝いていたものは、エリザから奪った偽ダイヤだったのだ。

「取り戻さなきゃ」

エリザは顔を上げ、冷静にカラスの姿を探した。

日差しを受けた偽ダイヤがきらりと輝き、無数のカラスの中から犯人である一羽を示した。カラスは近くの屋根の上で偽ダイヤを口に咥《くわ》え直したあと、西の空へ向かって飛んでいった。

（……うん。あの方角ね。光物を集めているなら、たぶん巣までの最短ルートのはず）

その時、アレクが戻ってきた。

「エリザ。どうしました？」

アレクはその手に、薄い木の皮で作られた皿を持っている。皿には、城下で人気の食べ歩き料理であるフリット――リンゴを蜂蜜と小麦粉に潜らせた、一口サイズの揚げ物がこんもりと盛られていた。

険しい顔で西の空を睨んでいたエリザは、アレクに「実は……」とカラスに偽ダイヤを盗られたことを伝えた。

「貴重なものでしたのに、申し訳ありません……」

「それはいいとして、エリザに怪我はない？」

「はい、大丈夫です」

「それならよかった」

「その、アレク……取り返したいのですが、付き合っていただいても？」

「構いませんよ。その前に……はい」

え、と振り返ったエリザの口元に、アレクが木の枝のピックに刺したフリットを差し出していた。

香ばしい香りが鼻先を漂う。戸惑いながらも、エリザはそれを口に含んだ。

表面はさっくり、中はふわふわ。その油と小麦粉の層に包まれたリンゴは、しっとりしていて、自然な甘さの中にほんのりとした塩気を感じる。

咀嚼《そしゃく》し、飲み込んで、エリザは呟いた。

「……おいしい」

「これ、食べながら行きません？」

アレクがにっこりしながら言った。

おいしい食べ物と、彼のその穏やかな調子に、焦っていたエリザは落ち着きを取り戻したのだった。

◇

フリットを摘まみながら、エリザとアレクはカラスの後を追った。

カラスの巣は、あっさりと見つかった。

巣にできるような立派な木がある場所が、カラスが飛び去った方角にはそこにしかなかったからだ。帝都の西にある古い聖堂、その裏手には数本の木が生えていて、そのうち最も高くて太い木の上にカラスの巣があった。

さて、見つけたはいいものの、高いところにある巣をどうやって覗こうか……とエリザが考える間もなかった。

「ちょっと待っていてください」

アレクはそう言って、エリザにフリットの皿を渡した。

腕まくりをしながら木を眺めて、うん、と一つ納得したように頷くと、手近なところに生えた太めの枝に飛びついた。彼はぶら下がったところから軽々とよじ登り、まるで猫のような身軽さで上へ上へと進んでいく。

その様子をエリザがハラハラしながら見守る中、やがてアレクは巣までたどり着いた。

「──お。エリザ、ありましたよ」

巣の中を覗き込んでいたアレクが、拾い上げた偽ダイヤをエリザに見せた。

（ディミトリアの貴剣……武勇に優れた方とは聞いていたけれど……）

普段のおっとりした様子からかけ離れたアレクの身のこなしに、エリザは感嘆のため息を漏らした。元婚約者のマーキスは嘘の武功を吹聴していたものだが、アレクに関しては真実のようだ。

「すごいな。まるで宝の山だ」

「宝の山？」

「ええ。ゴミ屑なんかには見向きもせず、よく光る宝石ばかりを集めているみたいですよ、この巣の主は」

へえ、とエリザは感心した。

カラスは光物を好むとは何となく知っていたが、アレクが言及するほどとは。巣の主は目がいいのだろうか。あるいは趣味がいいか……。

（……そういえば）

エリザは、ふとメリンダの話を思い出した。

──『カラスにイヤリングを奪われたのです』

もしかして、同じカラスにやられたのではないだろうか？　エリザはそう考えて、木の上から下りようとしたアレクに声をかけた。

「アレク、すみません！　そこにメリンダ様のイヤリングはありませんか？」

「メリンダの？　ちょっと待ってて」

アレクは再び巣の中を覗き込んだ。

巣の中に運び込まれたものがたくさんあるのだろう。手を突っ込んでガサガサと漁っている。しばらくそうしていたアレクが「あ」と声を上げた。

「ありました。けど……」

アレクは歯切れの悪い返答をした。

どうしたのだろう？　と戸惑うエリザの前に、彼は上るとき以上の軽やかさで下りてきた。そうして、巣の中から拾ってきたイヤリングを見せる。

それを目にして、エリザは目をぱちくりさせた。

確かにメリンダのイヤリングだ。

どこかが傷ついたり壊れた様子もない。石の色や内部のひび割れの特徴も、エリザが覚えているイヤリングのものと一致する。

しかし、一つだけ想定外の状態だった。

「……両耳ぶん、揃っている？」

エリザは困惑したまま呟いた。

メリンダのイヤリングは片耳だけだったはず。なぜ、一揃えになっているのだろう？

ふと、エリザの脳裏にメリンダと交わした会話が過った。

恋人から貰ったイヤリング、そう彼女は言っていた。

話しぶりからして、彼女が貰ったのは最初から片耳だけだったように思う。しかし、今ここにあるように、そもそも彼女のイヤリングは一揃えだったのではないのか？

では、ここにあるもう一つのイヤリングが、メリンダのものではないとしたら……？

「アレク、あの――」

「危ない！」

メリンダの恋人の所在について尋ねようとしたエリザは、ぐい、とアレクに腕を引っ張られた。頭を庇う形で抱き寄せられる。

アレクの腕の間からエリザが何事かと確認すれば、カラスが頭上から攻撃をしてきたところだった。巣に戻ってきたのだ。

「エリザ、偽ダイヤとイヤリングを私に。隙を見てここから離れてください。他のカラスが集まって来る前に……あのカラスは私が惹きつけます」

「大丈夫なのですか？」

「剣は抜きませんよ」

「カラスではなく、殿下の心配をしているのです」

「安心して。最悪、離れたところにいる護衛の者たちに助けを求めますから」

え、とエリザは周囲に目をやった。

存在に気づかなかったが、腕が立つとはいえ皇太子のお忍びなのだ。護衛の従者がいて当然である。思い返せば、先刻エリザを広場に一人残せたのも、複数の護衛が二人を見守っていたからなのだろう。

「……分かりました」

冷静なアレクの指示に従い、エリザは彼に預けるものを預けて隙を窺った。

カラスは基本的に人を襲わない。

だが、営巣の時期などは別で、巣の卵を守るために積極的に攻撃を仕掛けてくることがある。鉤爪《かぎづめ》のような足で蹴られれば流血沙汰にもなるし、仲間と集団で襲ってくることもあるという。しかも彼らは執念深い。たかが鳥、と見くびっていると、痛い目に遭うだけでは済まない相手なのだ。

そして、あのカラスにとっては、巣の中の宝物が卵と同じくらい大切なのだろう。今は営巣の時期ではないが、すでに威嚇《いかく》してきている以上、激しく攻撃してくる危険性が高い。

「――行って」

アレクが囁いた瞬間、カラスが彼に向かって再び飛びかかってきた。

エリザはその隙に、聖堂のほうへと駆け出した。聖堂の中に入れば、カラスも追っては来られないと思ったからだ。

……だが、誤算があった。

聖堂の扉が堅く閉ざされていたのだ。

「エリザッ！」

背後からのアレクの叫び声に、エリザは弾かれたように振り返った。

アレクを攻撃していたはずのカラスが、狙いを変え、一っ飛びしてエリザに襲いかかってきたのだ。

エリザは右手に、フリットの皿を抱えていた。

（も、もしかして、これ……!?）

エリザは空いていた左手で、咄嗟に頭を庇い、その場にしゃがみ込んだ。

しかし、覚悟していた衝撃は来なかった。

代わりに、誰かに手を置かれたようなわずかな重みが、左肩の上に優しく乗った。

それから頭を庇うエリザの手、左小指にコツコツと軽く叩くような振動があった。

恐る恐るエリザは様子を窺う。

左肩に黒いものが乗っている。襲ってきたカラスだ。そのカラスが、エリザの左小指に嵌められていた指輪を突いていた。

（攻撃――という感じではない？　これは、むしろ……）

エリザは、助けようと距離を詰めてきていたアレクに、大丈夫だと視線で伝えた。

それからカラスの様子を観察する。

（きれいな子……真っ黒なのに、光に当たった部分が虹色に輝いている。きちんと身なりを整えているみたい。巣の中も宝石ばかりだったみたいだし……ということは、美醜の観点がある？）

頭を庇っていた手を、エリザはゆっくり肩の高さまで下ろす。

左手の指輪を追うように、カラスはエリザの肩から、腕を伝って手のほうへと移動していった。そうして再びコツコツと指輪を軽く突いたあと、カラスはエリザの顔をじっと見て首を傾げた。

右手のフリットはチラリと見たが、それだけで、ほとんど興味を示さない。どうやら食べ物が目的ではないようだ。

「あなた、まさかこの指輪が欲しいの……？」

驚くべきことに、うんうん、とカラスは同意を示すように頷いた。

「本当に？　食べ物じゃなく？」

重ねて尋ねるも、うんうん、と頷くカラス。

「……もしこれをあげたら、あなたのコレクションをくれる？」

うんうん、うんうん、とカラスは力強く頷いた。

つぶらな瞳が、じっとエリザを見つめてくる。それからカラスは、まるで騎士が忠誠を誓うように恭しく頭を下げてきた。

どうやらこのカラス、人間の話が理解できているようだ。

「ええと……この指輪でなくてはダメ？　他のものはどうかしら？」

エリザは自分が付けているネックレスやイヤリングをカラスに見せる。しかし、カラスはプイッとそっぽを向いたあと、再び指輪をコツンと突いた。この指輪がいい、ということらしい。

エリザはこのカラスに敬服の念を抱いた。

何せ、この指輪は祖国の亡き第一王妃の忘れ形見、エリザの身につけたジュエリーの中で最も価値の高いものだからだ。恐らく、カラスの巣の中のコレクションの中にも、これほどのものはないだろう。

「あなた、本当に見る目があるのね……でも、ごめんなさい。これはダメよ。私の大切なものなの」

この指輪は、父のような国王が国を離れるエリザに渡してくれたもの。エリザと祖国との繋がりを示すものだ。簡単には手放せない。

「……アレク、交渉は不成立ですわ。この子の宝物、お返ししましょうか」

「え。返してしまうのですか？」

「野生に生きる彼らの中では、恐らく奪った者が所有者というルールがあることでしょう。そして、この子はとても賢い。強引に取り上げても、すぐに取り戻しに来てしまうでしょう。何なら、城での盗難被害が増えるかもしれません」

「それは困りますね……分かりました。それじゃ、ええと――」

アレクが偽ダイヤとイヤリングをどう返そうか迷っていると、カラスはエリザの肩から飛び立ち、彼の足元へと舞い降りた。

「アレクの御身分を分かっているようですわね……？」

「はあ、本当に賢いな。礼儀も正しいし、臣下に勧誘したいくらいです」

まるで相手の身分を分かっているかのようなカラスの振る舞いに、アレクは感嘆のため息をついた。

それからアレクはしゃがみ込み、カラスの口元に宝物を差し出す。カラスは丁寧にそれらをくちばしに咥えると、地面を一蹴りして木の上の巣へと戻っていった。

「ごめんなさい。お邪魔したわね」

そう言って、エリザはアレクと共にその場を離れる。

立ち去る二人の背に、カアア、と木の上から一つ声が返ってきたのだった。

偽ダイヤと、メリンダのイヤリング。

奪われたこれらについて、エリザはカラスから取り返すのを諦めた――わけではない。

アレクと城下のお忍び調査をして、数日後。

「ごきげんよう」

エリザは一人、聖堂の裏手で例のカラスと対面していた。

現在、エリザはローブを着てそのフードを目深に被っている。アレクを始め城の人間にも城下に出てきているのがバレないようにするためだ。

なぜなら、この訪問は、エリザの独断だからだ。

交渉が一回で終わる保証はない。アレクを何度も付き添いに連れ回すわけにもいかないし、誰か護衛に付けてもらうのも忍びなかった。

そして、そのエリザの予想は当たった。

実はカラスの元を訪れるのは、すでに五度目である。つまり、五度も交渉に失敗しているということだった。

「さあ、これでどうかしら？」

エリザはしゃがみ込み、地面にハンカチーフをひらりと広げ敷いて、カラスが気に入りそうな貴金属や、鳥が好んで食べそうなナッツなどの食べ物を丁寧に陳列してみせた。ここで奪い取りに来ない辺り、このカラスは紳士的だった。

今日は、エリザの付けているものによく似た指輪もある。

かつて離宮送りになった際に行商人を頼ったように、城に出入りする宝石商に頼んで用意してもらったのだ。

「例のものを譲ってくれたら、ここにあるもの全部あげるわよ。どうかしら、あなたにとっても悪い話ではないと思うのだけれど？」

……今日こそいけるはず。

そうエリザは思っていたが、一方で、無理だろうとも感じていた。

残念なことに、その予感は的中してしまった。

カラスは最初、陳列されたものを品定めするようにじっと見ていた。いつもはこれでお眼鏡に適わず、カラスはプイッとくちばしを背けて帰ってしまうのだ。

だが、今日はちょっと違った。

カラスは「これじゃないって言ってるだろ！」とでも言うように羽ばたいた。まるで癇《かん》癪《しゃく》を起こしているようだ。ハンカチーフもろとも、そこに並べてあった手土産《てみやげ》の品がすべて吹き飛ばされる。

「ちょっ、なんてこと……」

「ガァ、ガァ、ガァ！」

「物を粗末にしてはいけませんわよ！」

「ガァ！　ガァ！」

「いけません――あっ、こら！　おやめなさい！　暴力はダメ！」

抗議の叫びも虚《むな》しく、エリザはカラスにフードの上から頭を蹴られ、ローブの裾を引っ張られた。そうしてボロボロにされた苦労の甲斐もなく、カラスはそれでもエリザの持参した貴金属や食べ物には一切手を付けなかったのだった。


「はあ……あちらが欲望に忠実で無礼なだけの獣なら、こちらも強奪できますのに……」

城の自室に帰り着いたエリザは、深々とため息をついた。

話ができないただ攻撃的なだけの相手なら、城の者にでも駆除してもらえば済むことかもしれない。しかし、あのカラスがそうでない以上、無慈悲なその方法をエリザは取りたくなかった。だからアレクにも、そうしないで欲しい、と頼んでいた。

……結果的に、エリザがカラスから無慈悲な仕打ちを受けているのだが。

ここまでの間に使用人たちとすれ違ったが、エリザが髪の毛やら身につけたローブやらをボロボロにした姿で帰り着いたからだろう。ひそひそと声を潜めて何やら言い合っていた。

そして、その声は、存外に早く届いて欲しくない相手に届いてしまったらしい。

帰城したエリザの元に、アレクが尋ねてきた。

疲労困憊《こんぱい》で長椅子に倒れ込んでいたエリザは、失礼にならぬよう身体を起こして彼を迎える。立ち上がろうとしたが、アレクに「そのままで」と制された。

「最近カラスに御執心のようですが、その格好、今日は痴話喧嘩《ちわげんか》でもして帰ってきた？」

「痴話喧嘩……痴話ではないのですが、概《おおむ》ねそのような感じですわね」

「……ずいぶんお疲れのようですね。皮肉のつもりだったのですが」

アレクが本気で心配そうに言った。

確かに、普段のエリザなら、今の皮肉に対して「帝国ではカラスとお付き合いする方がいらっしゃるのですね」くらい、切れのいい返答をしているところだ。

「なぜ一人で城の外へ？　危険だと言ったはずですが」

「私が勝手に決めたことに、お手を煩わせたくなかったのですわ」

「それで、こんなことに？」

徐《おもむろ》に近づいてきたアレクが、長椅子の背もたれに手をついた。

そうして彼は、覆いかぶさるような体勢で、エリザの頰にそっと触れる。

「……ここ、傷になっていますよ」

「かすり傷ですわ。それに、殿下がお心を砕くようなことではございません」

「ああ、殿下に戻っている……」

絶望でもしたように脱力したアレクは、エリザの隣に腰を落とした。

訳が分からず、エリザは目を瞬く。

「戻っている、とは？」

「アレクと呼んでくれたのに……」

「あれは人目を忍ぶための方便でしたし。城の中では不適切な呼び方かと」

「では、適切な場所ならまた呼んでくれるのですね？」

「ええ、まあ……」

「でしたら明日、城下へ行った際には絶対に呼んでください」

「明日って……」

「また行くのでしょう？　私も一緒に行きますよ」

「そんな……私一人でも大丈夫ですのに」

「大切な宝石を傷つけないよう、宝石箱に閉じ込めておくこともできる……そう思いませんか？」

エリザの豊かな金の髪。

それを片手で掬《すく》い上げて、アレクは口づけを落とした。

伏せられていた瞼の下から現れた彼の瞳は、ほのかな赤みを帯びている。その瞳と見合った。

ったまま、エリザは観念してため息をついた。

「……分かりました。お好きになさってください」

「ええ。では明日……あと、薬を持ってこさせますので、付けてくださいね」

エリザの髪を名残惜し気に手放して、アレクは長椅子から立ち上がり、部屋から出ていった。

一人になったエリザは「はぁ……」と盛大なため息を吐き出した。

「まったく……殿下は私を玩具《おもちゃ》にして遊ぶのがお好きよね……」

国宝級に顔がいいのでエリザも不快ではないが、あんな風に距離を詰めて思わせぶりな態度を取られると反応に困ってしまう。

しかも、アレクの場合、ただの女好きでしている行動ではない。彼が隠している、何らかの意図や思惑が垣間《かいま》見えることも少なくはないのだ。

だからこそ、エリザも気が気ではなかった。

自分に後ろ暗いところは何もないはずだが、あの瞳に見つめられると、内側を見透かされるような気持ちになって居たたまれなくなる。

（……私は、きっと、自信がないのよね。だから、殿下の瞳に狼狽えてしまうんだわ）

そんな風に思いながら、エリザは手元に視線を落とした。

左手の小指にあるルビーの指輪。

エリザの所有する宝飾品の中で、最も大切なものだ。

祖国の民に忌み嫌われ、婚約者から婚約破棄と国外追放を言い渡され……そうして自信を失っていたエリザに、親のようだった国王が授けてくれた、小さくとも確かに心の拠《よ》り所となるもの。

（きっと、メリンダ様にとっても……）

失ったイヤリングは、きっと同じか、それ以上に大切なものだったに違いない。二十年もの間ずっと身につけてきたなら、もはや身体の一部のように感じられていたはずだ。

エリザは指輪を見つめて、しばし考えた。

一体、どうするのが正解なのか、と……。


翌日。

エリザは約束どおり、アレクと共にカラスの元へと向かった。

「手出しは無用です」

カラスに会う前に、エリザはアレクにそう伝えた。

蹴られたり突かれたりもしたが、カラスはエリザに礼節をもって接してくれている。それは、カラスが仲間を呼ばずにいることからも実感した。他に仲間がいるはずなのに、あのカラスは援軍を呼ばない。つまり、エリザと交渉する気はあるということだろう。

アレクも「邪魔するつもりはありませんよ」と、エリザの申し入れを承諾してくれた。彼は、危なくなった時にだけ横槍《よこやり》を入れるという。それまでは傍らで静観することを誓ってくれた。

「ごきげんよう」

いつものようにエリザはカラスに挨拶した。

ここ二、三日は、まるでエリザが来る時間を計っていたかのように、カラスは巣がある木の前で待ち構えていた。今日もそうだった。

エリザは一人でカラスに近づくと、その目の前でゆっくりしゃがむ。

それから息を一つ大きく吸い込んで、自分の左小指の指輪を右手で摑み——息を吐き出しながら、それを外した。

「あなたは、この指輪じゃないとダメなんでしょう？　じゃあ、取引をしましょう」

指輪を見せながら、エリザはカラスにそう話しかけた。

これが昨晩、一人で考え出した結論だ。

「こちらの提示する条件は二つ。一つ、あなたのコレクションの中から、あの宝石とイヤリングをくれること。二つ、もう人を困らせるようなことはしないこと……これを呑んでくれたら、この指輪を差し上げます。どうかしら？」

カラスは小首を傾げながら、エリザが手にした指輪をまじまじと見つめる。

やがて答えが出たのだろう。カラスは地面を蹴って飛び上がり巣に戻ると、そこでゴソゴソしたあと、すぐに戻ってきた。

そのくちばしには、偽ダイヤとイヤリング一揃えとが器用に咥えられている。

「交渉成立かしらね？」

エリザが手のひらを見せると、カラスはその上に自分の宝物を丁寧な仕草で載せた。それから反対の手にある指輪を受け取る。

「あら」

エリザは思わず感嘆の声を上げた。

そのまま巣に持っていくのだろうと思っていた指輪。しかし、カラスはその場で足に通し始めた。

小指サイズの指輪は直径が小さめだったので、難儀しながらではあったが、カラスは上手く足首に指輪を嵌めてしまった。さながら足環《あしわ》といったところだろうか。

どこか誇らし気な顔のカラスに、エリザの表情が自然と綻ぶ。

「あなた、やっぱり見る目があるわね。とっても似合ってるわ」

黒いカラスの羽に、鮮やかなルビーを宿した金の指輪はよく映える。

その様はどこか、黒い正装にルビーのブローチを付けて婚約式に参列したアレクの姿にも似ていた。

「……その指輪、大事にしてね」

「カァ」

「私の宝物だったんだから、他の人にあげたりしたらダメよ？」

「カァ、カァ」

相槌《あいづち》を打つようにカラスが鳴く。

やはり、人語を完全に理解している様子だ。

そこでエリザは、カラスと手の中のイヤリングとを交互に見て、ふと思った。

……もしや、メリンダが持っていた方ではないイヤリングの持ち主を、このカラスは教えてくれるのではないか、と。

「ねえ、あなた……これ、どこで手に入れたか教えてくれないかしら？　ああ、お城のほうではなくて」

エリザの言葉に、カラスはしばし沈黙した。

何やら考えている様子だ。

やがてカラスは、エリザのローブの裾をくいっと引っ張り始めた。そこには、カラスへの賄賂《わいろ》に持ってきたナッツの瓶詰が入っている。いつもどこからエリザが出していたか覚えていたようだ。

「……なるほど。道案内の手間賃《チップ》を寄越せということね」

エリザは持ってきた小瓶からナッツを取り出し、カラスに食べさせた。

瓶の中身をすっかり食べ切り、カラスは満足したらしい。その場から、てってっ、と地面を跳ねるように歩いたあと、エリザの方を振り返った。そして、進んでは振り返る、を繰り返す。

ついてこい、というようなその様子に、エリザはアレクと共に後を追うことにした。

「あの指輪、エリザはずっと身につけていましたよね。そんな大切なものを、よかったのですか?」

聖堂の裏手からカラスの案内に従い歩く道中、アレクがそう尋ねてきた。

つかず離れずで先を行くカラスの足元に輝く指輪を見て、エリザは苦笑しながら答える。

「価値の分からない相手に渡したわけではありませんし、交渉の結果ですから」

「そうですか……でも、手元が寂しくなりましたね」

「ええ。よい指輪とまたご縁があればいいのですが」

指輪を手放した時、後ろ髪を引かれなかったと言えば嘘になる。

まるで国を出ることになったあの時のような、離れがたい感情があったのも事実だ。カラスに与えたと知ったら、あの温厚な国王もきっと激怒するに違いない。

けれど、自分が祖国に帰ることがない以上、国王が知るようなことは、きっともうないだろうとエリザは考えた。あの指輪は、過去と繋がるものであり、これからの未来では、なくとも困らぬものだろう、と……。

「ありますよ。あなたになら、絶対にね」

アレクが、そう言って微笑んだ。

隣を歩く彼を見て、エリザはじとっと目を細める。

「簡単に言ってくださいますのね？　あれほどのものを入手するとなると、相当なお金を貯めなければいけません……殿下がお給金を弾んでくだされればいいのですが」

「その必要はありませんよ。だって――」

言いかけて、アレクは言葉を途切れさせた。

歩調を緩めた彼の視線を追い、エリザは前を見る。

カラスが立ち止まり、こちらを見ていた。

聖堂からほど近い場所に立つ、とある民家の前だった。

「ここ……？」

エリザの問いに、カラスは「そうだ」と答えるように一つ鳴いた。

それを信じて、エリザは扉を叩いてみた。

しばらくすると扉が開き、中から若い女性が怪訝そうに顔を覗かせた。

「はい。あの、どちら様で——ひっ⁉」

怪しい者ではないことを伝えようと、エリザが頑張って浮かべていた微笑み。それを見て、女性は小さく悲鳴を上げた。そのまま扉が閉められそうになる。

しかし、アレクが足を挟み、それを止めた。

「突然お邪魔して申し訳ありません。実は、このイヤリングについてご存じか、少々お伺いしたくて」

エリザへの恐怖を吹き飛ばすように、アレクは特上の笑顔を見せながらそう説明した。

それを正面から浴びたからか。女性は扉に力を込めるのをやめた。ぽーっ、と惚《ほう》けている。初めて一緒に城下を歩いた際、アレクは『気配は出したり仕舞えたりすると便利』だと言っていたが、そのとおりだと隣でエリザは実感した。

「——あっ！　そのイヤリング、どちらで⁉」

我に返った女性が、エリザの手の中のイヤリングを見て目を見開いた。

「このイヤリングをご存じなのですか？」

「ええ。それは私の叔父《おじ》のものです。数日前に紛失して……でも、片方だけだったはずですが……」

「！　あの、その叔父様はどちらに——」

前のめりで尋ねるエリザに、女性は弱々しく首を横に振った。

「叔父はもう、この世にはいません」

「え……」

言葉を失ったエリザに、女性はどこか懐かしむような表情で、イヤリングの持ち主について教えてくれた。

彼女の叔父はケネスという名の商人だった。彼には、密《ひそ》かに想い合っていた身分違いの――貴族令嬢の恋人がいたという。

彼は平民ながら、その恋人を公に妻として娶《めと》ろうとした。

しかし、平民と貴族の身分差を埋めるには、それ相応の、爵位に準ずるような肩書きが必要だった。たとえば、商人として成功すれば得られる、準男爵位の称号といった肩書きが……。

ケネスは引き留める恋人を残し、遠方の地方へと赴いた。そこで商人として一旗揚げようとしたのだ。

結果、彼の思惑どおりに事業は成功した。

しかし帝都へと戻る直前、ケネスは健康を害して現地での治療を余儀なくされた。

彼の衰弱は著しく、そのまま故郷へと帰ることもできずに亡くなってしまったのだという。

「……それが十年も前のことです」

そこまで言って、彼女は自分の手元、エリザから渡された片割れのイヤリングに目をやった。

「そのイヤリングの片方は、叔父が肌身離さず持ち歩いていたものです。葬儀のあと何となく手放すことができず、形見として飾っていました。でも、窓を開けていた時に、カラスが盗っていってしまったんです……これは、どこで？」

「カラスの元にありました。もう片方のイヤリングを、カラスが気に入ってしまったようで。それを探している際に一揃えで見つけましたの」

「もう片方の……あの、持ち主の方は？」

「とある貴族の女性ですわ。このイヤリングの片方を二十年間、毎日身につけていらしたと伺っております」

「貴族……それって、もしかして叔父の？」

「それは分かりません。ただ、彼女からは恋人に貰ったものだと聞いております」

「そう、ですか…………あの。これ、その女性に渡してくださいませんか？」

女性は少し考えたあと、そう言ってイヤリングの片割れを差し出した。

受け取りながら、エリザは尋ねる。

「叔父様の形見ですのに。いただいてしまって、よろしいのですか？」

「はい。もしその方が叔父の想い人なら、イヤリングが一つになれれば、きっと叔父も喜ぶはずです。だって――」

エリザの手の中で一揃えになったイヤリング。

それを少し寂しげに、けれどどこか晴れ晴れとした目で見つめて、ケネスの姪はエリザにあることを教えてくれた。

……このイヤリングが、片耳ずつ離れ離れだった意味を。

城に戻ったエリザは、すぐにメリンダを探した。

話しかければ狼狽える使用人たちに、侍女長の行方を尋ねて回る。そうしてたどり着いたのは、皇妃が茶会を開く際に使う、城の裏手の庭園だった。

「あら。ごきげんよう、アレクサンドル。エリザもお揃いで」

東屋《ガゼボ》の中、皇妃が顔を上げて挨拶をしてきた。

メリンダと共に刺繍《ししゅう》を楽しんでいたようだ。二人の手元、円形の刺繍枠で固定した布の上に、絹糸で縫われたバラの花が美しく咲いている。

「ご機嫌麗しゅう存じます母上。すみません、私と二人きりでお話をする時間をくださいませんか？」

「あなたと？　ええ、構いませんが……メリンダ、ごめんなさい。少しの間、席を外してくれるかしら。エリザは——」

「メリンダ様とお話をしながらお待ちしておりますわ。メリンダ様、よろしいでしょうか？」

エリザはそう言って、メリンダに微笑みかけた。

民家の女性に怯えられたのと同じ悪魔的な笑顔だ。だが、メリンダは怯えることなく淡々と「承知いたしました」とエリザの誘いに応じた。

アレクと皇妃を東屋《ガゼボ》に残し、エリザはメリンダと共に庭の中を歩く。バラを眺めながら、しばらくの間お互いに無言の時間が続いたからだろう。

「あの、エリザベート様。何か私にご用が？」

メリンダが怪訝な様子で口を開いた。

エリザは立ち止まり、周囲に人がいないことを確かめてから答えた。

「ええ、そうなのです……これをお渡ししたくて」

エリザは、カラスから取り戻したイヤリングを差し出した。

一揃えのそれを見て、メリンダはさぞ驚いたのだろう。ハッと息を呑み、零れ落ちそうなほど目を見開いた。

「これは、どこで……いえ、なぜ揃って……」

「ケネスさん、ですか。メリンダ様にイヤリングを贈られたのは」

「は、はい。エリザベート様、その名をなぜご存じなのですか？　ケネスに会ったのですか？　彼は今どこに……ああ、すみません、混乱してしまって」

「私は構いませんわ。実は、メリンダ様のイヤリングを探す道中で、偶然ケネスさんの姪御さんにお会いしました。それで、ケネスさんのことを知ったのですが……その、実は……──」

エリザは思わず言葉を途切れさせてしまった。

メリンダが、これまで見せたことのない、縋るような目をしていたからだ。その目を前に、事実を突きつけるのが、エリザには躊躇われた。もう、ケネスは──メリンダの恋人は──。

「この世に、いないのでしょう？」

エリザが言えずにいた言葉。

それを口にしたのは、メリンダだった。

「メリンダ様……ご存じだったのですか？」

「いいえ。でも、もう何年も前からそんな気はしていたんです……もしかしたら、彼はもういないのかもしれない、と」

メリンダは、エリザの手からイヤリングを受け取った。

そして、愛しげにそれを見つめたあと、ふっと力なく微笑んだ。

「『必ず君を迎えに戻ってくるよ』――そう言って、彼は私と片方ずつイヤリングを分けて、遠くへと旅立ちました。私はずっと待っていましたが、彼はいつまで経っても帰ってこなかった。十年、二十年と経っても、何の音沙汰もない……」

ぽつり、ぽつり、とメリンダは話す。

イヤリングを見つめながら、それに語りかけているかのように。

「私の他にもっとよい方がいたのだろう。私の知らないどこかで、私以外の誰かと幸せになっているのだろう……そんな風に思ったこともありました。でも、彼がそんな不誠実な人でないことも知っていました。だから、イヤリングは外せなかった。私は、彼のことを愛していたから」

手の中のイヤリングを見つめるメリンダ。

その目が、語る声が、波間をたゆたう小舟のように揺れる。

やがて、メリンダは顔を上げた。

「……エリザベート様。彼は心変わりしていなかった、そう考えてもいいものでしょうか？」

鉄の貴婦人然とした、静かで淡々とした問いだった。

けれど、その表情は迷子《まよいご》のようだった。

不安で、今にも泣き崩れそうな顔で、しかしメリンダは気丈に耐えていた。

その姿は、エリザの心を打った。

愛というものが、まるで宝石のように、こんなにも長く確かに残るものだと、この瞬間に初めて分かった。

だからだろう。問いに対する答えが、自然にエリザの口を衝《つ》いた。

「よいのではないでしょうか。彼は、ずっとあなたを愛していた、と……いいえ。あなたがたは、愛し合っていたのですね」

その瞬間。

メリンダの目から、ぽろ、と大粒の涙の雫が落ちた。

堰《せき》止めていたものが溢れたように、ぽろぽろ、ぽろぽろ、と涙が貴婦人の頬を濡らす。

エリザはハンカチーフを取り出し、涙を受け止めるように、メリンダの目元にそっとそれを当てた。

「そう思っても……よいものでしょうか……」

「ええ。だって、そのイヤリングには、お相手の願いが込められていましたから。私だって気休めで申し上げたわけではありませんのよ？」

「願い……？」

「そのイヤリング、使われている宝石はガーネットです。石言葉は『変わらぬ愛』」

花に花言葉があるように、宝石にも石言葉がある。

祈りや願いを込める時、人はそういったものを指標にする。

変わらぬ愛情や友情、忠実さといった意味の石言葉を持つガーネットは、一途な愛の象徴として恋人に贈られることが多い宝石だ。

そして、愛の根拠となる理由は、それだけではなかった。

「それと。イヤリングを預かる際に、姫御さんが教えてくれたのですが……片耳ずつイヤリングを分けて身につけるのは、ケネスさんの一族がかつて住んでいた地方のおまじないだそうです。ご存じでしたか？」

「いいえ。ケネスには、ただ「これを付けていて欲しい」と渡されただけで……あの、何のおまじないなのですか？」

涙を拭いながら尋ねるメリンダに、エリザは優しい気持ちで答えた。

「……恋人との再会を願うおまじないだそうです。また一緒になれますように、と」

それは、かつて戦時中に流行したものらしい。

戦に向かわねばならなかった男と、そこに残らざるを得なかった女。そんな風に抗《あらが》えぬ時勢によって分かたれた男女が、イヤリングが揃う時にこそ自分たちも一緒になろう、と片方ずつ身につけたのだという。

「また、一緒に……」

呟き、メリンダは手の中を見つめる。

そこには、二十年もの時を経て一揃えになったイヤリングがある。

長い時を超えて届いた想いがある。

一途に恋人を待ち続けていた鉄の貴婦人は、それを大事に握りしめる。

そうしてエリザの腕の中、かつて誰より近くにいた恋人のことを思い出して、嗚咽《おえつ》を漏らしながら涙するのだった。

第四章　偽りの宝石

光の届かない、穴倉のような地下室。

煌々《こうこう》と輝くいくつもの球形のフラスコが光源となり、その場所を照らしていた。

室内には、様々な器具が並んでいる。

最奥には一枚の分厚い扉があり、その中には複雑難解な原理で作られた炉《ろ》があった。

炉の中には、金属製の管を寄せ集めて樽のように形作られた坩堝《るつぼ》が入っている。それを高温で加熱することで、中に詰め込んだ材料から〝あるもの〟が生み出されるという仕組みだった。

「……うん。いい感じだ」

炉を作った男が、冷えた坩堝の中身を取り出して言った。

男は中身を手に、炉のある部屋の隣――彼の工房に出る。

薄暗い工房の一角には、石材加工用の道具が揃った作業台があった。男は近くにあるフラスコの光で手元を照らし、そこで炉の中身を手頃な大きさに割る。〝本物〟なら大きければ大きいほど高値がつくが、男が作ったこれは本物ではない。あまり大きすぎると悪目立ちして〝偽物〟だとバレてしまう。

程よいサイズに分割したら、今度は程よい形にカットし、研磨してゆく。研磨材を目の粗いものから徐々に目の細かいものへと変えていき、透明な輝きが得られるまで研磨盤を回して磨いていく。

そうして、ダイヤモンドによく似た宝石が出来上がった。

出来た宝石を、男は仔山羊《こやぎ》の革を張ったケースに並べた。そこには、すでに作っておいた同じ宝石がいくつも並べてある。男は同じ作業を繰り返し、その宝石を——偽ダイヤを何個も作っていく。

「……これだけあれば、いい値段になるだろ」

ケースいっぱいになったそれを手に、男は作業台を立った。工房から這い出るようにして、地上へ繋がる梯子《はしご》を上る。

梯子の先に出ると、そこは古びた家の中だ。

乾いたパンと葡萄酒《ぶどうしゅ》で軽く腹を満たしてから、男は地味なローブを羽織った。偽ダイヤを懐に入れて、人の目を忍ぶようにフードを目深に被る。

そうして男は、三日ぶりに外へと繋がる扉を開けた。

「眩し……」

薄闇の中で作業していた男は、日差しに目を細めながら、ふらふらした足取りで市場へと向かうのだった。

彼が作った宝石——偽ダイヤを金に換えるために。

エリザがディミトリア帝国にやって来て、一月《ひとつき》が経った。

城での暮らしぶりは、悪くない。

友人のようなものもできた。

城下でイヤリングの交渉をした、あのカラスである。

指輪をあげたことで、エリザは彼に懐かれたらしい。カラスは城へとやって来て、エリザの私室を特定した。それ以降、毎日のように訪れる彼に、エリザは『ルビウス』という名前をつけ、餌《えさ》をあげながら話相手にしている。

ルビウスは賢く、人の話や心を理解しているようだった。

エリザが自分の陰口を耳にして気持ちが沈んでいたりすると、彼は慰めるように美しい小石を贈り物に持ってきてくれた。宝石の類ではなくとも自然が磨き上げた石はいずれも玄人《くろうと》好みの逸品であり、エリザはそのルビウスの贈り物を宝石箱に入れて大事にしていた。

そんな風に、カラスと交流をしていたからだろう。

『宝石喰いの悪女』、『死神』といった城の中で囁かれている悪名に、いつの間にか『魔女』という呼び名と、それに伴う根も葉もない噂も追加されてしまった。

……ルビウスに餌付《えづ》けをしている手前、これについては仕方がない、とエリザも渋々だが受け入れている。

仲間と一緒に暮らすことを習性にしているカラスたちの中で、ルビウスは珍しく一羽で行動していた。そんな彼の姿は、周囲の人間たちからは、あたかも魔女の使いのように見えたことだろう。

このように、悪名と悪評によって相変わらず人々からは忌避されているエリザだったが、同時に、皇妃やメリンダなど、友好的に接してくれてエリザの悪評を消そうと人々に働きかけてくれる人物も、多くはないが増えている。たとえ数は少なくとも、彼女たちのような理解者がいてくれるだけで、誤解されがちなエリザの心は満たされた。

城で与えられた宝石の管理人という仕事も気に入っている。

時々やって来る侍女はいるものの、作業部屋に常駐しているのはエリザだけ。仕事の合間に宝石の研究をすることもできて、必要な道具も頼めば最高のものを用意してもらえる……まさに理想の職場だった。

加えて、祖国では義務だったお妃教育もここではない。嫌がらせをしてくる婚約者も、失脚させようと狙ってくる婚約者の愛妾もいない。使用人たちや侍女たちにはここでも遠巻きにされているが、命の危険を感じるほどではない。

実家ではない城の中なのに安心できている。そのことに、エリザは感謝していた。

(特にこの作業部屋の実家のような安心感といったら……ああ、どうかこの穏やかな暮らしが続きますように……)


その手紙が届いたのは、エリザがそんな風に願っていた時だった。

『親愛なる妹へ
隣国では元気に暮らしているだろうか。殿下とは上手くやれているだろうか。

私も領主でさえなければ、そちらに引っ越したいくらいだ。

……というのも、コレニア王国はもうダメかもしれない。

お前との婚約を破棄したあのボンクラ王太子だが、あの後すぐに例の娼婦との婚約を強行したよ。陛下は止めたのだが、王太子はそれを無視し、集めた民衆の前で大々的に婚約宣言をしてしまったのだ。

その結果、どうなったと思う？

まず、婚約してすぐ事実上破局した。

破局後、娼婦には新しく愛人ができたのだが、よりにもよって、相手は民衆革命の先導者として以前より国が警戒していた男だというから、いろいろと終わっている。

ボンクラ王太子も、さすがに己の過ちに気づいたようだよ。

あいつ、私に会うたびに「エリザベートに帰ってきてもらえないでしょうか……」と土気色の顔で訴えてくるんだ。

宝石喰いだ悪女だと忌避されたお前がいかに優秀な婚約者候補だったか、ようやく身に沁みたみたいだ。今さら分かっても、もう遅いのだけれどね。


さらに、お前を罠に嵌めようとした下賤な侍女を覚えているだろうか。

あれは処刑されるはずだったのだが、あの娼婦が執行の直前、断頭台に上り、仰々しく王家に対する抗弁を述べながら解放してしまったのだ。

結果的に、これが民衆の革命心に火をつけてしまった。

その後の詳細は省くが……あの娼婦は、民衆を虜にする術に長《た》けていた。

王太子が婚約破棄しようにも、民衆から救国の女神だなんだと讃えられているため、それも難しい状態になってしまった。つまり、娼婦が王太子妃の座で好き勝手やっている状態なのだ。忌々しい。

その娼婦が煽るせいで、貴族に対する民衆の反発が抑え込めぬほど大きくなった。さらに、娼婦が救った下賤な侍女が「エリザベート様を罠に嵌めようとしたのは王太子殿下に命じられたから」と告白したものだから、王家の威信も地に落ちてしまった。

これがお前を追い出したコレニア王国の現状だ。

この国家の有事に、どうにかしようと陛下は頭を悩ませていて、少々御可哀想ではある……が、ボンクラ息子と親バカ王妃を野放しにしていた陛下にも責任は十分過ぎるほどあるので、しっかり負債は払っていただこうと思う。私もお助けはするけれどね。臣下だからね。

すべて片付いたら、また連絡するよ。それまで元気で過ごしておくれ。

ルヴィエールより、愛を込めて

追伸　アレクサンドル殿下へ。私の可愛い妹を泣かせたら殿下でも許しませんよ』

宝石の塔の作業部屋に届けられた、兄ラドルフからの手紙。

読み終えたエリザは、その書面を睨んだまま悩ましげに眉を顰めた。

「帰しませんよ」

耳元で聞こえたその声に、エリザは手元から顔を上げた。

この手紙を届けてくれたアレクが、エリザの背後に立っていた。

「……殿下」

「二人きりの時は、アレクでいいとあれほど——」

「どこで誰の耳に入るか分かりませんでしょう?」

街に出た時にエリザが愛称で呼んで以来、アレクは城の中でも同じように呼ばれたがった。

しかし、エリザは頑なに断り続けている。

お忍びの際は必要だったからそう呼んだだけで、エリザは基本的に皇太子を愛称で呼ぶのは不敬だと思っている。皇太子が対等に話してくれているだけで立場上対等ではないということを、エリザは令嬢としてしっかりと弁えていた。

「ですので、これ以上、悪評や悪名が増えることは避けたいのです……というか、殿下。

盗み読みは感心いたしませんわよ？」

「まあまあ。あなたがコレニアのスパイだと疑われないための検閲だと思ってください」

「……そう言われては言い返せませんわ」

「それに、ラドルフも私が読むこと前提で手紙を送ってきていますしね」

言われて、エリザは再度、手紙に目を落とす。

確かに『追伸』がアレクに向けた内容になっている。読まれることを見越して書いてきたのなら頷ける一文だ。

「しかし、さすがはラドルフです。私のことをよく分かっている」

「え？……殿下は私を泣かせるような御方ではないかと思いますが」

アレクへの追伸を読み返して、エリザは首を捻《ひね》った。

一体、兄は何を言っているんだろう？ と最初に読んだ時と同じ感想が浮かぶ。

困惑しているエリザの様子に、アレクは苦笑した。

「うーん。あなたは分かっていないみたいですね、エリザ」

「ええ？ ……あの、殿下。もし私が何か考え違いを起こしているようでしたら、訂正してくださいませ。行き違いが生じる前に」

「訂正しない方が、こちらとしては都合がいいかもしれないんですよね……たぶん、今は、まだ」

「そう言われると気になりますが……」

「知ってしまったら後戻りできませんから。あなたにとっても、今は知らない方が好都合ですよ、きっとね」

アレクの返答に、エリザは追及を諦めた。

これ以上尋ねたところで、この調子ではのらりくらりと躱《かわ》され続けるだろうと思ったのだ。それに、確かに彼が言うとおり、知ってしまったら後戻りはできない。なら、無理に訊き出さない方がいいのかもしれない。

そう思い、エリザは話題を変えることにした。

「殿下は、我が祖国の惨状を想定されておりました？」

エリザがいなくなった後、コレニア王国がどうなるか。

隣国の帝国皇太子が、何も考えていなかったとは考えられない。当時のアレクが何を思っていたのか、エリザには興味があった。

「あなたのような素晴らしい女性を簡単に手放すような国です。遅かれ早かれ衰退するだろうな、とは思いましたよ」

「高く評価していただき光栄ですわ」

「お世辞ではありませんよ」

アレクは、エリザが真に受けていないと思ったらしい。

微笑みながら、しかし彼の目だけは真剣なままだ。

「私はあなたを確かに評価しているし、何なら私だけは確実にあなたの味方です――というわけで、これ、差し入れです。お仕事の合間にでも召し上がってください」

言って、アレクはエリザの手に小瓶を渡した。

小瓶の中には、まるで宝石の原石を砕いたような、色とりどりの欠片が詰まっている。

「これ、素敵ですわね。砂糖菓子でしょうか？」

「ええ。東洋には宝石に似た菓子があると耳にしたもので、その辺りの文化に詳しい菓子職人に作らせました。とある海藻と、砂糖とリキュールで作るそうです」

「海藻？」

「私も聞いた時は驚きました。どうぞ、一つ召し上がってみてください」

「では、お言葉に甘えて……」

小瓶の蓋を開けて、エリザは砂糖菓子の一欠片を摘まみ、口に運んだ。

さく、という冬の朝に霜を踏むような軽い歯ごたえのあと、ゼリーよりも微かに硬い層が続き、口の中を楽しませる。砂糖の甘さはしつこくなくむしろ爽やかで、香りづけに使ったであろうリキュールの香りはあるものの、海藻を思わせるような海の匂いはまったくない。

「……これ、おいしいです。言われなければ、海藻から作られたなんて分かりませんわね」

エリザは頬を染めながら感心した。

海藻といえば、海の匂いと塩気がつきものの食材だ。それが、こんなにも美しく繊細な砂糖菓子に生まれ変わるなんて。

「口に合ったのでしたらよかった」

「ありがとうございます。殿下にはいつもいろいろしていただいてばかりですし、何か御礼にお返しできたらいいのですが……」

「ああ。では、それを一ついただけますか？」

アレクは小瓶の砂糖菓子を示して言った。

これが御礼？　と訝《いぶか》りながら、エリザは小瓶を差し出す。

「ええ、どうぞ――」

「あなたの手から与えて欲しいな」

「えっ」

突然の思ってもいなかった要求に、エリザは狼狽える。

その動揺を知ってか知らずか、アレクは、あーん、と雛鳥《ひなどり》のように口を開けた。

「…………………まだですか？」

「その、ご自身で召し上がっては……」

「それだと私が自分の差し入れを味見しただけになってしまう。御礼にはならないと思いませんか？」

「私が殿下に食べさせても御礼にはならないかと」

「なりますよ」

「どういう理屈ですの……？」

「だって、私がそれを望んでいるのですから」

アレクがエリザを見つめて目を細める。

その瞳は赤みがかっていた。

こういう時のアレクはなかなか引いてくれない、と最近のエリザは感じている。

「…………………お口、開けてくださいませ」

観念したエリザは、アレクにそう言った。

小瓶の中から、今の彼が見せる瞳の色に似た赤い砂糖菓子を指先で摘まみ上げる。すると、待っていたとばかりにアレクが素直に口を開けた。

エリザは、そっとそこに投げ入れようとした。

だが、砂糖菓子を手放す直前、アレクに手首を摑まれた。

「っ……」

硬直して声も出ないエリザをよそに、アレクはエリザの指が摘まんだままのそれを齧《かじ》った。一齧り、二齧りと、ゆっくり上品に味わってゆく。さく……さく……と、エリザの手元で微かな音が鳴る。

「……──ごちそうさま」

食べ終えたアレクは、満足げにそう言って作業部屋から立ち去った。

一人になったエリザは、しばらく唖然としていた。

そうして我に返った瞬間、深々とため息をついた。

「さすがに今のは、からかいが過ぎるのでは……」

エリザは、アレクのことが心配になった。

彼自身が何とも思っていなくとも、相手が勘違いすることはある。そう、作業卓の傍らに置いた、あの手紙の送り主のように……。

「……お兄様ったら。何も上手くやっておりませんわよ」

アレクに関する一文を再度読み、エリザは力なく頭を振った。

アレクの前では素知らぬフリをしていたが、兄が色恋の話について──アレクとの関係について書いていることは理解できていた。エリザとて、さすがにそこまで世間知らずな娘ではない。

アレクは魅力的な男性だ……ということはエリザにも理解できる。ディミトリア帝国の皇太子ではなく、一個人として見た上での話だ。

宝石のように美しい外見は然《さ》ることながら、優しくて気配り上手。その上で、甘い言葉と真面目な顔を巧みに使い分ける余裕がある。距離感も絶妙だ。エリザが嫌悪感を抱かないよう、けれどギリギリのところに踏み込んでくる。

……だからこそ、勘違いしてはいけない、とエリザは思うのだ。

これまで兄やコレニア王などの身内以外の男性からは、怖がられたり嫌悪されたりするばかりで、優しく接してくれる人はいなかった。それが普通なのだ。

対して、アレクの言動は普通ではない。

けれど、彼はそもそも立場が普通ではないのだ。

（真に受ければ損をしてしまうでしょうね。殿下には人に好かれる才能がおありだし……罪作りなお方よね）

そう他人事のように思いながら、エリザは手紙を畳《たた》んだ。

優しい言葉も、気遣いも。時々近すぎる距離感も……アレクにとっては、特に意識するようなことではないのだろう。

「……そういえば、殿下も婚約者くらいいるわよね？」

手紙を片付けた瞬間、ふとエリザは疑問を覚えた。

アレクは皇太子だ。マーキスにエリザが宛がわれていたように、婚約者候補の一人くらいいてもおかしくない。

「そのうちお会いすることになるかしら」

あの美しい皇太子の隣に並ぶ女性は、さぞ宝石のように美しいことだろう。

そんな想像をしながら、エリザは小瓶から砂糖菓子を一欠片摘まみ、口元へ運ぶ。

繊細な歯ざわりに控えめな甘さ。

それが、ちょうど今のエリザにはぴったりだった。


一日の就労時間が終わり、エリザは宝石の塔をあとにした。

自室に向かう回廊を歩いている時には、決まってメリンダと遭遇する。真面目な侍女長である彼女は時間に正確なのだ。

今日も今日とて、エリザはメリンダに出会った。

「ごきげんよう、メリンダ様」

「ごきげんよう、エリザベート様」

エリザの挨拶に、メリンダは自然な流れで応じた。

以前は無視一択だったメリンダだが、イヤリングの一件からエリザへの態度を変えた。

もちろん、よい方に、だ。

例の片耳だけだったイヤリングも、片割れが戻ってきたあとから一揃えで彼女の両耳を飾っている。

ガーネットのイヤリングは、片耳だけでも美しかった。だが、今はあるべきところにあるべきものが収まっているような、安定した印象をメリンダに与えている。実際、メリンダの性格も少し穏やかになったようだ。鉄の貴婦人の変わらぬ表情にも、時折、笑顔が見られるようになっていた。

「あの……エリザベート様。少々よろしいでしょうか」

お互いにすれ違う直前、メリンダが足を止めた。

いつもどおり挨拶だけだと思っていたエリザは、引き留められて少し驚いた。

「え、ええ。どうかされまして？」

「エリザベート様にご相談したいことがございます」

「相談……？　私でお力になれることでしたら」

「ありがとうございます。相談というより、報告になってしまうのですが……実は近頃、侍女たちの間で宝石絡みの問題が起きておりまして」

「宝石絡みの問題、ですか？」

メリンダは「はい」と答えたあと、事の詳細を次のようにエリザに話した。

ここ最近、使用人の女たちがダイヤモンドを身につけていることが増えました。

使用人が宝飾品を身につけてはいけない、という規則はありません。

問題は、そのダイヤが宝石として申し分ないものでありながら、使用人には分不相応な大きさでもある、ということです。実際、それに対する不満は、使用人よりも身分が上の侍女たちから出ておりました。

言ってしまえば、自分より格下の者が着飾っているのが面白くない、というところでしょう。貴族間の上下関係では、上を立てる気遣いも必要なこと。侍女たちは貴族の令嬢ですので、平民である使用人たちの弁えなさが気に障ったようです。

……そもそも、使用人たちはダイヤをどうやって手に入れたのか。

使用人の給金は、基本的に高くはありません。

年収は、侍女と比べると、その半分程度……宝石、それもダイヤなど、簡単に買えるものではありません。

不思議に思ったもので、私は使用人たちに話を聞いてみました。

すると驚くべきことに、彼らはダイヤの本来の市場価格に対し、実に十分の一以下の金額で入手していたのです。入手経路については様々で、一所に特定するのは困難でした。

そのせいもあって、侍女たちの間では『盗品なのでは？』との憶測も飛び交っていました。

しかし現在、それらはとある一つの噂に収束しています。

『宝石喰いの悪女が帝室で保管されていたダイヤモンドを横領し、小さく砕いて市場に流しているのではないか』という噂に――。


「冗談じゃないわ！」

黙って聞いていたエリザは、思わず叫んだ。

話した側のメリンダも、心なしかすまなそうな顔をしている。

「私も噂を耳にするたびに否定してはいるのですが、広まる速さに対処しきれず……力及ばずで申し訳ありません」

「い、いえ……ご訂正いただいているメリンダ様には感謝を申し上げますわ。それに、どうかお気になさらず。残念なことですが、こういうのは慣れておりますから」

「そうですか……」

「ええ。また何か気づいたことがあれば教えてくださいませ」

エリザはメリンダに礼を言って別れた。

回廊を歩きながら、エリザは考える。

根も葉もない噂を立てられ、敵視される……祖国で散々味わってきたことだ。

さらに、帝国に来てからも死神だ魔女だと囁かれてきた身である。これまでのように自分が嫌な思いを我慢することになるだけで、大した問題にはならないだろう……そう考えたものの、何だか嫌な空気が城の内外で広がっていくのをエリザは感じてもいた。

具体的に言えば、あの忌まわしい婚約式の直前のような……。

……そのエリザの予感は、残念なことに当たってしまう。


数日後。

城の中を歩きながら、エリザはゲンナリしていた。

大した問題にはならないと軽く考えていた例の噂が、確かな実害をもたらしていると実感したからだ。

（高を括《くく》っていたわ……というか、そんなに煙たがらなくても……）

すれ違う侍女たちがあからさまに距離を取るのを見て、エリザは内心でため息をついた。

彼女らは避けるだけでなく、通り過ぎるエリザを睨んでくるのだ。

まるで、近づくだけで呪われてしまう、とでも言いたげな目である。

（……そのうち石でも投げられそうね）

それもこれも、例の安価なダイヤモンド絡みのいざこざのせいだった。

飛び交っている噂の内容は二転三転しているが、『宝石喰いの悪女がダイヤを市場に流している犯人だ』というところは変わらない。そこに、理由として『大金欲しさに』だったり『価格を操作し、宝石市場を手中に収めようとして』だったりが際限なく追加されていっている。

状況が急速に変わってしまったのは、ダイヤ絡みで揉めている人々のせいだ。

城の中で使用人と侍女がギスギスしているだけならよかった。

しかし、今ではその対立の構図が〝平民ＶＳ貴族〟になってしまっている。まるで、兄ラドルフの手紙で報告された、隣国コレニアの現状を模したかのようだった。

しかし、帝国内の対立の原因は、プリシラではなくダイヤだ。

城の外でもダイヤを安価に入手する平民が後を絶たず、それが貴族との間に軋轢《あつれき》を生んでしまったらしい。

特に、ダイヤで着飾り気が大きくなった裕福な平民と、清貧を貴ぶ――といえば聞こえはいいが、要は貧乏な――下級貴族との間に、小競り合いが連日のように勃発していた。争いは同じ水準の者同士で起きやすいからだろう。元々、称号があるかないか程度の小さな身分差によって蓄積された鬱憤《うっぷん》が、ダイヤモンドの有無による視覚的な経済格差で埋められた結果ではないか……と人々は囁き合っていた。

城の内外で増加し続けるダイヤ絡みの揉め事に、噂の当事者であるエリザも無関係ではいられない。それが、たとえ濡れ衣であったとしてもだ。

事情の説明を求められたエリザは、皇妃の元へ向かっていた。


皇妃への謁見は、大抵バラが咲き誇る庭園の東屋《ガゼボ》で行われる。

しかし、今回エリザは皇妃の私室へと呼ばれた。

誰の目にも耳にも届かない密室での謁見は、それだけ今回の事態が深刻であることを物語っている。

「よく来てくれたわね。こちらへどうぞ」

皇妃は普段と変わらぬ調子でエリザに椅子を勧めてくれた。

二人で囲むテーブルの上には、すでにティーセットが用意してある。事前に下がらせたのだろう、控えの侍女はいない。

皇妃が手ずから茶をカップに注いでくれたので、エリザは恐縮しながらそれを受け取った。皇妃が愛飲している皇室御用達の逸品だという。しかし、一口それを飲んでみたものの、この後の交わされる会話のことを思うと味がしなかった。

「さて、エリザ。件のダイヤモンドについてだけれど――」

そう切り出した皇妃に、エリザは追及を覚悟した。

以前、城を追い出された記憶が蘇る。今回も冤罪《えんざい》ではあるのだが、平民と貴族の対立状態の激化を見るに、城どころか帝国から追い出される可能性も考えられた。

どうなってしまうのだろう……そんな風に不安な気持ちで沙汰を待つエリザに、皇妃は言葉を続けた。

「あなたが関わっていないということは分かっているわ」

「…………え？」

エリザは呆けた声を上げた。

目をぱちくりさせていると、それを見た皇妃が苦笑する。

「エリザったら。まさか疑われていると思っていたの？」

「は、はい。私、本日は皇妃陛下に処罰される覚悟で参りましたもので」

「私が以前、軽率にあなたを離宮送りにしたせいよね……あの時は、本当にごめんなさいね……」

罪の意識を思い出したのか、皇妃がどんよりした空気を纏った。

エリザは慌ててフォローする。

「いえ、それはもう済んだ話ですし……お叱りでないのなら、なぜ私をこちらへ？」

「今日あなたを呼んだのは、揉め事について相談するためです。今回の騒動、我が国にとって痛い部分を突かれているから……」

「痛い部分、ですか」

小首を傾げるエリザに、皇妃は悩ましげな顔で頷く。

「エリザはディミトリアの成り立ちをご存じ？」

「確か、元々諍い合っていた複数の国を一人の偉大な王がまとめ上げたのが始まり――でしたでしょうか。帝国として一つにまとまる以前は、小国同士、それぞれの国が保有する資源を奪い合っていた、と……」

エリザの答えに、皇妃は「そのとおりよ」と言った。

「奪い合っていた資源だけど……特に、宝石のような鉱物資源が多かったようね。古今に亘って潤沢だったものだから、近年では他国への交易の輸出品目にも含むようになったわ」

「存じております。私はそれゆえ、宝石の研究を始めたのですから」

「まあ。それがきっかけだったの？」

「ええ。宝石は、富と権力の象徴。真偽を見分けられねば王族だろうと食い物にされてしまう……ですから、帝国に侮られないよう祖国の力になれたら、と思いまして」

「コレニア王国は本当に見る目がなかったのね」

「ですが、現状、私は揉め事の一因となってしまっていますので――」

「比類なき美しさと大きさを兼ねた本物のダイヤモンドなら、多少の瑕がついたとしても十分価値はある……そうではないかしら？」

皇妃はそう言って、エリザに柔らかく微笑みかけた。

認めてもらえている……それが言葉の端々から伝わってきて、エリザは胸が温かくなった。自然と、幼い頃に亡くした母のことを思い出すほどに……

皇妃は「つまり」と言って、先ほどの話を続けた。

「宝石というのは、我が国ではその昔、身分や地位を分けることになった物なの。他国で生まれ育ったあなたは理解に苦しむかもしれないけれど、今回これだけの騒動になっているのは、そういう背景があるからでしょうね」

「騒動が肥大化したことには驚きました……が、理解はできますわ」

エリザは頷く。

経験上、思い当たることはある。

ディミトリアほどではないが、コレニアでも宝石は諍いの原因になり得た。そうでなければ、エリザも宝石喰いの悪女とは呼ばれていなかったことだろう。

「このままだと皇族の威信にも関わってしまうわ。それで、宝石市場の混乱は順を追って解消していくとして……まずは、エリザ。あなたの噂をどうにかできないかと思ったの。何かいい案はないかしら？」

「……申し訳ありません。私もどうにかしたいとは思っているのですが」

言いにくさを感じながら、エリザは答える。

しかし、そもそも噂への有効な対処方法があるならば、エリザは宝石喰いの悪女などというレッテルを貼られてはいない。ひいては、今回のようなあらぬ噂も立っていないだろう。

エリザの言葉に、皇妃はしょんぼりした。

何か事態を収拾する妙案が出てくることを期待していたのだろう。

「そうよね……皇帝陛下のお耳に入る前にどうにかしたいのだけれど」

「……皇妃陛下。もしかして、私を庇おうとなさっておいでで？」

気づいて、エリザはハッとした。

ディミトリアの現皇帝には、エリザも城に到着した直後に謁見している。さほど言葉は交わさなかったが、厳格な君主の顔をしていた。一度、アレクに皇帝のことを聞いてみたことがあるのだが、「父上は恐ろしい人だよ」と言って彼は苦笑していた。

完全に濡れ衣とはいえ、そんな皇帝の耳にこの醜聞が入れば、人心を乱したとして問答無用に処罰される可能性が高い。そのような事態から、皇妃はエリザを守ろうとしてくれていたようだ。

「エリザ。私はあなたに、我が国にいて欲しいの。もちろん、あなたが私の命を救ってくれた恩人だっていうのも理由の一つだけれど、それだけじゃないわ……私はね。勝負事が好きなの」

「勝負事、ですか？　そういえばカードも嗜《たしな》まれていましたね」

エリザは思い出す。

皇妃は、以前カードでアレクと勝負したと言っていた。

「カードだけじゃないわ。何かに賭けるのも好きなの……それでね、エリザ。私はあなたに賭けたいの」

「私に？」

「あなたを悪女だと呼ぶ者たちが、あなたを聖女か何かのように敬うようになったら面白いじゃない？　だから、私はそっちに賭けることにしたのよ」

「……殿下と同じでいらっしゃいますね」

エリザは思わず口元を緩めた。

祖国で四面楚歌《しめんそか》となっていた時、アレクも同じように、自分に賭けてくれたのを思い出した。母から子に引き継がれた性質なのかもしれない。

「とはいえ、情況は悪いわね……エリザ。もしあなたに不敬を働く者がいれば、教えてちょうだい。きちんとさせるわ」

「あ、ありがたきお言葉ですわ」

前のめりに言う皇妃に、エリザはたじろぎながら応じる。

結局、噂をどうにかするための方策はまとまらず、その日の謁見は暗礁に乗り上げたまま
お開きとなったのだった。

皇妃との謁見のあと、エリザは宝石の塔へと戻ることにした。

状況的に、私室に戻っていてもよかったが、何かできることを探したかったからだ。前向きな思索をするには、私室よりも職場である作業部屋のほうがいい。

（祖国を追い出されそうになった時みたいだわ……空気が重い……）

階段を上り、作業部屋にたどり着いた瞬間、エリザはため息をついた。

謁見の主題と異なるため皇妃には話さなかったのだが、実は把握していることが一つあった。

……出回っている安価なダイヤは、本物のダイヤではない。

現在問題となっているダイヤは、エリザが故郷から追放される原因となった、あの偽ダイヤだ。その影響が再び我が身に降りかかろうとは、エリザはこれっぽっちも思ってもいなかったのだが……人生何があるか分からない。

（せめて、あの偽ダイヤの出どころが摑めればいいのだけれど……）

問題の原因が偽ダイヤだということは、すでにアレクには伝えてある。

帝国領内のダイヤモンド鉱山から採掘されたものが不正に流通している形跡がないか、アレクはすでに領主たちに通達を出し報告させていた。その報告内容からして、彼も偽ダイヤが問題の原因だと考えていたようだった。

偽ダイヤと本物との見分け方は、すでに宝石商たちに共有してある。

しかし、宝石店は基本的に流通ルートとして使用されていないようで、そちらからはほとんど情報が入ってこない。

偽ダイヤを身につけている者にも、入手経路の聞き取りは行われている。

だがそちらも、入手場所がバラバラすぎて、出どころを特定するには至っていない。恐らく、買い手に渡るまでに何人もの人間——それも身元のハッキリしていない者たちを介しているのだろう、とアレクは言っていた。いわゆる、裏のルートだ。

聞き取りの中で嘘をついた者や、最悪、宝石商などが加担している可能性も考えられる。

人口が多く広い帝都では、捜索の手が回り切らないのも必然だった。砂糖の入った壺の中から、たった数粒の塩を探し出すようなものだ。

「手詰まりだわ……」

ぽつりと呟き、エリザは作業卓へと向かった。

棚に並べてある宝石の標本の中から、偽ダイヤを取り出して眺める。

アレクに渡されたものの他、宝石商が見分けてきたもの、城内の使用人と交渉して譲ってもらったものなど、いくつか数が集まってきていた。それだけ偽ダイヤが流通しているということだ。

（本当によくできているのよね、これ……）

しかし、ダイヤとは別の物質であることは明らかだ。

まず、同じブリリアントカットの本物と比べると、虹色の輝きが強い。これは宝石の中で光の挙動が異なるためだ。試しに書物など文字の上に置いて透かし見ると、本物は光が中に閉じ込められ文字を読み取ることができないが、偽物はガラスでそうした時と同じように読み取ることができる。

水や油を弾《はじ》くかどうかも、本物と偽物とでは真逆だった。

さらに同じ大きさで、重さが全く違う。偽物は本物の倍の重さを有している。

そして、天然鉱物に特有の不純物も、器具を使って確かめたが偽物にはまったく混じっていない。やはり、人工的なものなのだ。

（誰が、何のために作ったんだろう……）

そんな風に偽ダイヤを眺めて、エリザが物思いに耽《ふけ》っていた時だ。

コンコン

突然、窓ガラスをノックするような音がした。

ここは外壁に足場などない、塔の上部にある部屋だ。びっくりしてエリザは窓を見る。

すると、窓の外の手すり部分に一羽のカラスがいた。

金と赤い宝石の立派な足環をしている。元々エリザの指輪だったものだ。

「……ルビウス？」

黒い羽を持つ友人の姿に、エリザは立ちあがり窓辺に向かう。

ゆっくりと窓を開けると、ルビウスは挨拶でもするようにエリザを見て可愛らしく小首を傾げてみせた。

だが、彼が作業部屋までやって来るのは珍しい。

「どうしたの、ルビウス？　ご飯なら、私の部屋でしかあげられないわよ？」

エリザがそう話しかけた瞬間。

ルビウスが、部屋の中に入ってきてしまった。

「あっ、こら！　だめよ！」

作業卓の上に降り立った彼に、エリザは慌てる。前科があるとおり、ルビウスは光物に目がない。そして作業卓の上には今、偽ダイヤの標本がある。それを持っていかれてはまずい。

エリザが制止しようとした時だ。

ルビウスの口から、ポロッ、と光にきらめく何かが落ちた。

様子を窺うエリザに、ルビウスは作業卓の上をコンコンとくちばしの先で叩いた。

「もしかして、プレゼント？　私にくれるの？」

エリザが尋ねると、ルビウスは胸を張った。その様子は、人間がそうするのと同じように、どこか自慢げだ。

ルビウスはエリザが餌やりをしている私室のバルコニーに、時々お礼の品だというように美しい小石を咥えてやって来る。それだろうか？　と思いながら、エリザは作業卓に近づいた。

しかし、ルビウスの足元に落ちていたのは、小石などではなかった。

「ダイヤモンド？　……ううん、違う。これ、偽物のほうだわ」

拾い上げた物を見て、エリザは目を瞬いた。

ルビウスが持ってきたのは、新たな偽ダイヤだったのだ。

「あなた、また人の物を盗ってきたの？　人を困らせないって約束したじゃない」

問いただすエリザに、ルビウスは腹が立ったらしい。

作業卓の端を足で掴むと、翼をバサバサッとエリザに打ち付けるように羽ばたかせた。

作業卓の上に置いてあった書類が宙に舞い上がる。

「きゃっ！　ちょっ、何⁉　ル、ルビウス――やめてったら！」

エリザの悲鳴を存分に浴びて、ルビウスはようやく羽を収めた。

突然のことにエリザは呆然としながら、ルビウスの顔色を窺った。

何かを訴えるような彼のその表情は、どこか不機嫌そうにムッとしている。

これまで見たこともないルビウスの態度に、エリザは思わず考え込んだ。もしかしたら彼は、人に迷惑をかけて、この偽ダイヤを持ってきたわけではないのかもしれない……？

「……ルビウス。もしかして、人を困らせてはいないの？」

尋ねると、ルビウスが作業卓をくちばしで小刻みに叩いた。

肯定の仕草だ。

「そうだったのね。疑ってごめんなさい」

エリザはそうルビウスに謝罪した。

しかし、その一方で、疑問が生まれる。

（それじゃ、これは一体どこから……？）

考えていたエリザは、ルビウスが作業卓の上を叩いたことで我に返った。

黒いつぶらな瞳が、エリザを見つめている。

何かを期待しているようなその視線の意味をエリザは知っていた。対価を要求されているのだ。

「そうよね。プレゼントには、お礼が必要よね」

エリザは作業卓の傍らにある棚へ向かい、美しい模様の入った陶箱を手に取る。アレクがいつでも食べられるようにと差し入れしてくれた、保存の利く焼き菓子の詰め合わせだ。その中に、カラスに与えても害がなさそうな、木の実から作られたクッキーが残っていた。

エリザは、それを一枚、ルビウスに差し出してみた。

するとルビウスはくちばしで器用に受け取り、おいしそうに平らげた。どうやら気に入ったようで、もう一枚くれ、とおねだりするように机をコンコンと叩く。もう一枚……もう一枚、と……。

「……今日はずいぶんよく食べるわね」

まるで損ねた機嫌を取り戻そうとでもするように、ルビウスは見事な食べっぷりを見せた。むしゃくしゃしてお腹が空いたのかもしれない。エリザのぶんのクッキーは消えてしまった。

たらふく食べたことで、ルビウスの腹の虫は治まったようだ。

彼は室内の光物にはまるで目もくれず、持ってきた偽ダイヤを咥え直し、窓辺に飛び移った。

「ルビウス……それ、持って帰るの？」

ルビウスが振り返る。

……何だか様子が変だ。

これまでルビウスは、プレゼントの対価として食べ物を要求してきた。対価だけ受け取り、プレゼントを持って帰るということを彼はしたことがない。それが彼なりのルールなのだろう。しかし今、そのルビウスがプレゼントを持って帰ろうとしている……。

彼に誘導されている気がして、エリザは窓辺に近寄った。

するとルビウスは窓辺を蹴り、翼を広げて作業部屋から飛び去ってしまう。

遠くなってゆく黒い影……それを目で追っていたエリザは、急ぎ室内に戻る。

（ルビウスは頭のいい子だわ。私とアレクが偽ダイヤを探していたことを覚えていた。なら、きっと――）

エリザは双眼鏡を手に室内へと戻った。

離宮にいた時、行商人から入手した道具のうちの一つだ。山中で使うことはなかったが、仕事の息抜きに、これでこの部屋の窓から外を観察することがあった。この部屋は、小高い丘の上に立つ城の中でも、見晴らしのいい位置にある。そのため、城下街までよく見えるのだ。

城から飛び立ったルビウスは、何度か羽ばたき、城下街の西に向かって飛んでいた。

そうしてしばらく経った頃、すーっとなだらかに下降し始め――やがて、西の聖堂よりさらに西、湖の付近にぽつんと立つあばら家の屋根の上へと降り立った。

「あそこは――」

その時、双眼鏡を覗くエリザの耳に、扉をノックする音が聞こえた。

「ど、どうぞ、お入りになって！」

相手が誰かも確かめず、エリザは双眼鏡を覗いたまま返事をした。

ガチャ、と扉が開く。

控えめな足音が近づいてくる。

「……何をやってるんです？」

アレクの困惑した声がエリザの傍らで聞こえた。

ルビウスの羽ばたきで舞い上がった書類が散らばったままという部屋の惨状も、彼を戸惑わせている一因だ。

「殿下、ちょうどよかった。あの、この街の地図はございませんか？」

「地図？　……ちょっと待っててください」

そう言ってアレクはどこかに行ったあと、しばらくして戻ってきた。

双眼鏡を覗いたままのエリザに、アレクは目を瞬く。

「城下一帯の地図を持ってきましたが……一体どうしたんです？」

「西の聖堂のさらに西、湖の付近にある一軒家は地図にございまして？」

「湖付近の一軒家？　……ああ、これか。ありますよ」

地図を見て、アレクはエリザが言う一軒家を見つけた。

「家というより小屋のようですが……これがどうかしたんですか？」

「もしかしたら、偽宝石の出どころかもしれませんわ」

双眼鏡を顔から離し、エリザはアレクを見ながら言った。

アレクは、その言葉にポカンとした。

「どういうことですか？　どうして分かったのです？」

「ルビウスですわ」

エリザは、今しがた起きた出来事をアレクに伝えた。

偽ダイヤを持って現れ、それを持ち帰る……というカラスの謎の行動に、しかしアレクは笑わなかった。ルビウスがエリザに交渉を持ちかけるほど賢いことは、彼も知っているところだからだ。

「カラスから情報を得るとは。あなたが魔女という噂も、あながち間違いではないのかも」

「残念ですわ。私が魔女ならもっと手っ取り早く、水晶玉を覗いたりして事件を解決できましたのに」

双眼鏡を差し出しながら、エリザは軽口で返す。

アレクはくつくつと笑いながら双眼鏡を覗き、問題の家を確かめた。

「……なるほど、あのあばら家ですか。すぐに部下に調査させます」

「ええ。そうしてくださいませ」

「もし見つかったら、カラスの彼のお手柄です。褒美の品を用意しますね」

そう言ってエリザの手に双眼鏡を渡すと、アレクは足早に作業部屋から出ていった。

――偽ダイヤを作っていた犯人を捕らえたとの報告が入ったのは、それからわずか数時間後のことだった。


ルビウスが示したあばら家。

その地下には奇妙な工房があり、偽ダイヤはそこで製造されていたという。

捕らえられたのは、まだ二十そこらの若い男だった。その男が、一人で偽ダイヤを作っていたらしい。

男は、城の地下牢《ろう》に捕らえられた。

そして現在、エリザはアレクに頼んで地下牢へとやって来ていた。偽ダイヤを作った男に会い、話をするために……。

「ごきげんよう」

暗く冷たい石造りの牢の中に、エリザは声をかけた。

小さく蹲《うずくま》っていた男が、うっそりと顔を上げた。

不精髭《ぶしょうひげ》の顔は薄汚れていて、疲労感が滲んでいるせいか、老人のような印象だ。アレクやエリザとさほど変わらない年頃らしいが、そうは見えない。服装も、まるでボロを纏っているようだ。

男はエリザを見て首を傾げ、疑問を口にした。

「……ええと、あなたは？」

「私はエリザベート。この城で宝石の管理を任されている者です」

「エリザベート……宝石……………ああっ！」

ぼんやりしていた男は、そこで何かに気づいたらしい。

急に大声を上げた男から庇うように、アレクがエリザを抱き寄せた。

「大丈夫ですわ、殿下」

「宝石喰いの悪女……実在したんだ……」

夢か幻でも見ているかのように、男は呆然と呟いた。

エリザは複雑な気分で答える。

「ええ。残念ですが、その悪名は私のものですわね……」

「……ってことは、あなたが俺のダイヤを偽物だって見抜いた方ですね！　素晴らしい目をお持ちで……お会いできて光栄です」

男は立ち上がり、檻《おり》の前で跪いた。

その恭しい態度に、エリザはアレクと見合って困惑する。

なぜか男から敬服されているようだ。悪い気はしないが、相手は今回の厄介《やっかい》ごとを引き起こした犯人である。

複雑な気持ちになりながら、エリザは持ってきた偽ダイヤを男に見せて尋ねた。

「これは、あなたが作ったのですか？」

「はい。俺が作りました」

「なぜ偽物を作ったのです？」

「金が必要だったんです。しかも、たくさん……でも、俺なんかにできる金稼ぎの手段は、これしかなくて……」

「これしか、って……」

エリザは手の中の偽ダイヤを見る。

これだけよくできた偽物を作るには、相当な技術が必要なはずだ。なのに『それしかできない』と男は言う。

　自分の信じている常識が合っているのか、一瞬、エリザは分からなくなった。

「あの……あなたは、これをどうやって作ったのですか？」

「どうやって？　それは、銅管を円周配置した坩堝を作って粉末材料を入れ坩堝の中を湖から引いた水で冷却しつつ外部から超高温で加熱するために高周波誘電加熱炉に入れて融解し液体状になった材料を結晶化――」

「ち、ちょっと待ってくださいませ！」

　急に早口で喋《しゃべ》り始めた男を、エリザは制した。

「ごめんなさい。何を言っているのかサッパリ分からなくて」

「あー……そっか。すみません……俺、錬金術師なんです……」

　男が言いづらそうに明かした。

　錬金術とは、金以外のものから金を生み出すことを可能にすることを目指した術のこと。そして、それを行う者が錬金術師である。彼らは、金以外にも、卑近な鉱物から別の希少な鉱物を生み出すそうだ。

　……が、本物の――実際に金を生み出すような錬金術師はこの世に存在しないと言われている。

　もしも本物の錬金術師だと名乗る者がいれば、変人か詐欺師と見なされるだろう。

というのも、金以外のものから金を生み出した錬金術師はこれまでに一人もおらず、文献や書物にその肩書きを持つ著者を見かけることがあっても、大抵が医者や薬師の二つ名でしかないからである。

ペルシフォンの錬金術師が作ったという特効薬も、今では薬師が調合しているはずだ。

ゆえに本来であれば、エリザもこの牢に囚われた男が本物の錬金術師だとは信じなかっただろう……偽ダイヤさえなければ。

「……この偽ダイヤ、よくできていましたわ」

「本当ですか……！」

「ええ。それだけに、人々からは本物のダイヤとしてしか認識されておらず残念でしたわ。これだけのもの生み出すのは簡単なことではありませんのに……きっと、ダイヤとはまた違った価値がおありでしょうに、なぜ偽ったりしたのです？」

「それは……ダイヤと銘打った方が高値で売れますから」

「高値で売れると言うわりに、本物より安い価格で売っていたのも、その方が買い手がつくから？」

「ええ、そうです。そうでなければ、出どころを隠して売るなんてできませんでしたし……安ければ、出どころが不明でも買ってもらえましたから」

「そう……ちなみに、後学のためにお伺いしたいのですが、どちらで売っていたのですか？」

「どこでも、ですね。不特定多数の行商人に渡し、足がつかないよう、すぐに売り払ってもらうようにしていました」

行商人と聞いて、なるほど、とエリザは思った。

彼らは一所で商売をしない。入手場所が特定できなかったのも、彼らが移動していたことが理由だろう。

さらに、宝石の良し悪しについては、彼らは宝石商ほど重要視していない。それはエリザも離宮で原石を売った時に経験している。行商人は偽ダイヤだと気づかなかっただろうし、気づいたとしても売れると踏めば買ってくれたことだろう。

と、それまで黙って聞いていたアレクが口を開いた。

「ところで、本物であろうと安価なダイヤを大量に流通させれば、供給が飽和してダイヤ本来の価格も下がってゆくのだが、それについてはどう思う？」

「え……？」

呆けた声を上げる男に、アレクは淡々と続ける。

「つまり、宝石市場を破壊するつもりだったのではないか？　と訊いているんだ。その場合、国家反逆罪となる」

「宝石市場……破壊……国家、反逆罪…………え？」

アレクの言葉を反芻《はんすう》し、意味を理解したのだろう。

男の顔がさーっと青褪めてゆく。

「な――ないない、ないです！　そんな市場破壊とかっ、国家に反逆とかっ……俺、そんなつもりは……！」

「現に、本物と信じた平民たちが偽ダイヤを手に入れた結果、本物のダイヤを身につけている貴族たちとの間で諍いが起きている」

「そ、そんなことになるなんて……いや、微塵《みじん》も考えていませんでした！　本当です！　詐欺師とか呼ばれてる錬金術師の言うことなんて信じられないかもしれませんが……信じてください……俺、本当にお金が必要だっただけで……」

「……あなたは、なぜ大金を必要としたのですか？」

アレクに怯える男に、エリザは疑問に思ったことを尋ねた。

偽ダイヤで宝石市場の破壊を目論んだわけではないのなら、純粋に大金を求めていたということになるだろう。

……なら、その大金を求めた理由は？

エリザの問いに、男は力なく呟いた。

「故郷の復興のため、です……」

「故郷？」

「俺の一族の故郷は、かつてペルシフォン鉱山都市と呼ばれていた場所なんです」

聞き覚えのあるその都市の名に、エリザは眉根を寄せた。

「……ペルシフォン？　あの『死のダイヤ』の？」

「さすが宝石喰いの悪女。ご存じでしたか」

「ええ。もちろんよ……」

エリザは、あの呪いの首飾りを思い出した。

皇妃を殺しかけた、美しいグリーンダイヤモンド。

その産地が、ペルシフォン鉱山だ。

「鉱山が閉山されてから、かなりの年月が経過しました。しかし、都市を始め周辺一帯は、変わらず呪いに満ちたままです……それでも、俺たち一族の故郷なんです。どうにか元に戻したいと思いました。以前のような、命が生きられる大地に……」

「戻せるものなのですか？」

「確証はありませんが、恐らく。錬金術を使えば、呪いを別のものに変換できるのではないかと……」

「なるほど、錬金術……」

エリザは手元の偽ダイヤを見る。

これを生み出した技術力があれば、不可能ではないのかもしれない、と思えた。

「ただ、それを検証するだけでも、莫大な資金が必要です。だから、手っ取り早く短期間に稼げるであろう、豊かな帝都で偽ダイヤを売り捌《さば》くことにしたんです……それが、市場破壊……国家反逆罪だなんて……」

男は石畳の上でひれ伏すようにして震えている。

その姿を前に、うーん、とエリザは考える。

（嘘をついているようには見えないけれど……）

……確信も持てない。

判断に困ったエリザは、ちら、とアレクに目配せした。

と、ぱちり、と彼と目が合った。

すると、エリザは彼に、くい、と身体を引き寄せられた。男がひれ伏して見ていないのをいいことに、アレクはエリザをすっぽり腕の中に仕舞ってしまう。

密着する体勢に、エリザが何事かと問いただそうとした時だった。

「……大丈夫。この男、嘘はついていませんよ」

耳元でアレクが囁いた。

エリザにしか聞こえない会話がしたかったようだ。

「それは勘、ですか？」

「それもあります……が、嘘をついた人間は、その言動や態度だけでなく、目の瞳孔が開いたり汗が出たり、大なり小なり変化が生じます。でも、この男からはそういったものが一切見て取れません。よほどの手練《てだ》れでなければ、誠実な証です」

「よほどの手練れだったら？」

「私のほうが上手だと思いませんか？」

「……それもそうですわね」

エリザは妙に納得して肩を竦めた。

アレクは勘がいい。それに人を見る目も確かだ。

そもそもエリザ自身が、彼のその目と勘によって救われた身である。誰よりも信頼がおけることを実感していた。

「エリザ、あなたの意見が聞きたい」

尋ねられたエリザは、アレクの顔を肩越しに覗く。

間近で見た彼の瞳の色は、青でも赤でもない、そのあわい。普段どおり落ち着いた紫色だ。

彼は公平に物事を見ようとしている……それを理解し、エリザはアレクの腕から猫のようにするりと抜け出た。アレクも引き留めたりはせず、エリザの自由にさせた。発した言葉どおり、エリザの意見を聞こうというのだろう。

「……錬金術師の方」

密談を終えたエリザは、伏したままの男に声をかけた。

男は、そろり、と顔を上げる。

「は、はい」

「あなたは故郷の復興のために、そのお金が稼げればいいのですわよね？」

「ええ。そう、ですが……」

「では、正当な手段で稼ぐというのはいかが？」

エリザが尋ねると、男は目をぱちくりさせた。

「正当な手段、ですか……？」

「ええ。つまり、あなたの作ったものをダイヤモンドの偽物として売るのではなく、『まったく別の新たな人工宝石として売る』というのはどうかと思いましたの。それなら詐欺にもなりませんわよ？」

「新たな人工宝石として……」

男はエリザの言葉を噛《か》みしめるように呟く。

だが、その提案には戸惑っているようだった。

「俺だって、それができれば願ったり叶ったりですけど……でも、そんなの売れますかね？　だって、天然のものじゃないのに……」

「宝石が求められる理由は、美しさや大きさ、希少性だけではありません。そこに物語があることで需要が増えたりもしますの」

「物語……？」

「ええ。天然の宝石に需要があるのも、大地がはぐくんだ歴史という物語が元々あるから、とも言えますし、たとえば誕生石や石言葉なんかは後付けの物語です。有名な方が身につければ、同じものが売れたりもしますわね」

「ああ、なるほど。売り方次第では、いい商売になりそうですね」

男より先に納得したのは、アレクだった。

宝石そのものについてではなく、経済についてのあれやこれやは彼の方がエリザよりも詳しい。なにせ各領地の民に直に聴いて回り、帝国内にどんな需要があるのかも把握しているのだ。どう売ったらいいのかも思いついていることだろう。

アレクのお墨付きに、それまで戸惑っていた男も腹が決まったらしい。

「や、やりたいです。俺の作った宝石……ちゃんと売りたいです！」

男の言葉に、エリザは満足した。

そうと決まれば、すぐ進めるに越したことはない。

エリザは、アレクに向き直った。

「殿下。私が祖国を出る時に交わしていただいた約束のこと、覚えていらっしゃいますか？『私の願いを叶えてください』と言った、あの約束を」

「あなたの願うどんな願いでも、でしたか」

「ええ。『願いを叶えるに相応しい有能な働きをすれば』と言われましたが、私、結構お役に立てているのではと自負しておりますわ」

「何を叶えて欲しいのですか？」

アレクは、エリザの言葉に異論がなかったらしい。

くす、と微笑んで、願い事をするよう促した。

「まず一つ。ここで、この錬金術師の方を罪に問わないで欲しいのです」

「えっ」

声を上げたのは男だった。

エリザは男を見て、キョトンとした。

「……罪に問われたい、と？」

「いえ、問われたくありません！　ただ……なぜ俺を助けれくれるのか、と……」

「あら。タダで助けようなどとは思っておりませんわよ。殿下だって、タダで無罪放免なんてなさらないでしょうし。ねえ？」

「ええ。それがエリザの願いでも、しませんね。それじゃ一方的に私が損するだけになってしまう」

「えええ……ってことは、何か俺に要求がおありなんですか……？」

「察しがよくて助かりますわ」

怯える男を安心させようと、エリザはニッコリ微笑んだ。

しかし、エリザのその笑顔に死神か悪魔を見たのか。男は声にならない悲鳴を上げてガタガタと震え出した。

（ああ、しまった……）

失敗した、とエリザは思った。

人が自分の笑顔を見て恐れることなどもう慣れっこだが、タイミングが最悪だ。これでは上手く進む話も進まなくなってしまう。

エリザはそう懸念した……が、この男は少し様子が異なった。

「そう、ですよね……タダより高いものはありません。何の制約もなく許される方が、おかしいんです……どうぞ、煮るなり焼くなり、取って喰うなり、ご自由になさってください……！」

男は身を捧げんばかりにひれ伏してそう言った。

何か悪い想像をしているらしい男の様子に、エリザはアレクと顔を見合わせる。エリザの意図を読み取っているからだろう、アレクは含み笑いをしていた。

「あの……取って喰ったりしませんわ、ご安心くださいな」

「……煮たり、焼いたりは……」

そろり、と男は顔を上げる。

エリザはため息をつきながら首を横に振った。

「しませんわよ。あなたに頼みたいことがあるのです」

「頼みたいこと……？」

「ええ。あなたに、この宝石を売るための宝石店を開いて欲しいんです」

男は、零れ落ちそうなほどに目を見開いた。

そんな彼に、エリザはどうしてそう考えたのか説明する。

「ダイヤモンドは素敵な宝石ですわ。でも、平民の方が手を伸ばすには高すぎる……私は、もっと手軽に楽しめるダイヤのようなものがあってもいいと思うのです」

偽物が本物として出回る……それを許容することはできない。

しかしエリザは思う。偽物とされた宝石そのものが悪いわけではない、と。

問題は、偽ることなのだ。

見た目は似ていても、その実はまったく異なる宝石。それを誤認させて売る者に問題があるのだ。

「ですから、物語を付与した新たな宝石として売り出し、かつ、本物のダイヤの価値も広めるために、宝石店を開いてはと考えましたの。幸い、この宝石は本物のダイヤと明確に見分ける手段があります。今回、出どころを探るためにそれを宝石鑑定士たちに共有しましたから、以降は本物との混同も避けられるかと」

「な、なるほど……それなら確かに……じゃあ、あれをこうして、そうすれば……うん。いい感じの店にできる……あとは物語の部分……コンセプト……」

ぶつぶつと男が呟く。

だいぶ乗り気になっているらしいその様子に、エリザは安心した。

「というわけで殿下。二つ目のお願いなのですが――」

「この錬金術師が宝石を作り販売するための工房兼宝石店が欲しい？」

言って、アレクはにっこりした。

本物のダイヤの市場を破壊せず、同時に錬金術師の悲願も叶えられる提案。それを先に提示されて一瞬驚いたものの、エリザは平静を装って頷く。

「――ええ。欲しいですわ」

「構いませんよ。ただし、あなたがオーナーでしたら」

エリザは「では、それでお願いします」と答える。

アレクの条件はもっともだった。現在牢屋に入っている見ず知らずの男に、そこまで投資する謂れは彼にはない。

「俺は作ることは得意ですが、経営はできないので……オーナーになってくださると心強いです」

そう言って、男もエリザの元で働くことを了承した。

その顔は相変わらず薄汚れていたが、先ほどよりも若々しい生気を取り戻していた。

後ほど釈放すると男に約束し、エリザとアレクは地下牢を後にした。

薄暗く陰鬱とした地下から地上に出る。

大きな問題が一つ解決したせいだろうか。エリザには、世界が明るく見えた。吸い込んだ空気も、どこかおいしく感じる。

「殿下。ありがとうございました」

「エリザが一緒に面会してくれたおかげで、良い形に話がまとまりました。こちらこそ、ありがとう」

「それならよかったですわ……あとは、揉めている平民と貴族の関係をどう修復するか、ですわね。『平民が身につけているのはダイヤではなく廉価品だ』という真実を広めれば、貴族の怒りや混乱は落ち着くと思うのですが、それだと平民が――」

「ああ、それなら心配しなくてもよいかと」

アレクが思い出したように言った。

「殿下、何かよい案でも？」

「実は先ほど、とある裕福な平民と清貧を貴んでいたはずの貴族を、まとめてしょっ引きましてね。別の区画の地下牢にぶち込んであるんですけど」

さらりと告げられた事実に、エリザは「え」と声を上げて目を丸くした。

「それって、お互いに揉めていた方たちじゃ？」

「目を付けられないように、互いに揉めているフリをしていたみたいです。錬金術師の彼の話と照らし合わせるに、どうも行商人から大量に買いつけて売り捌いていたようで」

「とんでもなく下劣な人間がおりますのね……」

「彼らも混乱平定の材料に使えます。石を投げる的があれば、平民も貴族もすぐ元の関係に戻れるでしょう」

「……殿下も、なかなかですわね」

「軽蔑しますか？」

「いいえ。皇帝になる方には必要な考え方ですもの」

エリザは歯切れよく答えて、先へ進む。

ひとまずお手柄だったルビウスにご褒美をあげよう、と思いながら。

先を行くエリザの背を眺めて、アレクは赤みがかった瞳を細めた。

「……やっぱり、あなたがいいな」

そう呟いた瞬間、エリザが振り返った。

自分にしか聞こえない声だったはず、とアレクはわずかに動揺した。

「殿下？　大丈夫ですか？」

「――ええ。もちろん」

小首を傾げるエリザに、アレクはホッとして応えた。

後を追い、隣に並ぶ。

そうして、いつもの微笑みを浮かべた。

……胸のうちに抱えた確かな想いを気取《けど》られぬように。

終章

帝都を貫く大通りの一角。

そこに宝石店『ルヴィエール』がオープンしてから、かれこれ三ヶ月が経過した。

ルヴィエールは、開店以来、盛況が続いている。

『命の石』というコンセプトで廉価ながら美しい宝石を売り出し、これが平民を中心に受け入れられていた。一時は偽ダイヤなどと揶揄《やゆ》され、貴族だけでなく平民からも忌避されてしまったのだが、この悪評はある人物の影響により一瞬で吹き飛んだ。

その人物とは、帝国から隣国まで悪名を轟《とどろ》かせた女性。

宝石喰いの悪女エリザベートである。

彼女がこの店に頻繁に出入りし、命の石を身につける姿が見られるようになって以降、「彼女と同じものが欲しい」という客が増えた。

――『宝石喰いの悪女は、価値ある宝石を見逃さない』

――『彼女が選んだ宝石は価値が上がる』

――『彼女と同じものを身につけると魔除けになる』

そんな噂が平民の間で広がり、売上の後押しをしていた。

「ありがとうございました。またのお越しをお待ちしております」

ルヴィエールでは、見目のよい青年が宝石を買っていった客を見送っている。

彼がこの宝石店を切り盛りする店長だ。

この男が、一時は城の地下牢に捕らえられた錬金術師だと知る者は、ほとんどいない。

髭を剃り見た目を整え制服に身を包んだ男は、まるで彼自身が錬金術の成果であるように、別人に変化していた。所作も、帝国随一の麗人として知られる皇太子によって直々に仕込まれているのだから、優雅にならないわけがなかった。

そして、因果は巡るらしい。

この店長の男は、宝石喰いの悪女を聖女か何かのように信奉していた。

――「あの方は誤解されがちですが、本当は優しいお方なのです」

――「実はあまりに有能だったため、皇太子殿下が隣国から引き抜いたそうで」

――「皇妃陛下のお命も救われたそうですよ。これ、ここだけの話なんですが」

そんな風に男が嬉々《きき》として客に話すからだろう。

かつて『その強欲さと浪費癖で隣国を追放された悪女』と伝わっていた悪評も、少しずつよいものへと変化して広まっていた。

さらに、その噂は帝国領内に留まらなかった。

その日、エリザは頭を抱えていた。

帝国へとやって来て以降、こんなに憂鬱な気分になったことはない。

……というのも本日、エリザの元に、祖国からの使者として、かのボンクラ王太子マーキスが来訪しているのだ。

「お帰りくださいませ」

マーキスの顔を見るなり、エリザは思わず吐き捨てるように言っていた。

国王からの使者ということで無下にできず面会することにしたのだが、どうにも心が拒否してしまう。

一刻も早くこの男から離れたい！

そう全身が訴えてくるのだ。髪の毛の一本一本までが嫌悪に打ち震えそうだった。

「待ってくれエリザベート！　いや、エリザベート様！　行かないで！」

「っ……ご用件を手短に」

吐きそうになりながら、エリザはどうにかそれだけ言った。

「じ、実は、プリシラのせいで国が乗っ取られそうなのです。あのアバズレ、金喰い虫どころの騒ぎじゃない……」

マーキスは、情けない顔でペソペソと話し始めた。

エリザはこの男の声を聞くのも嫌だったので、意識を遠くに飛ばしながら、話の要点だけを拾った。

マーキスはプリシラと破局するも、彼女が国民から熱狂的に支持されているため婚約破棄などできない状況にある。さらに現在プリシラには民衆革命の先導者の愛人がいて、その二人が国を牛耳《ぎゅうじ》ってしまっている状態だという。

ほぼ、兄が半年近くも前に寄越した手紙に書いてあったとおりだった。

……では、なぜ兄ではなく、わざわざこの王太子が直々に馳《は》せ参じたのか。

そもそも、マーキスが自主的にやって来たわけではない。

彼は罪を擦《なす》りつけた侍女を処刑させようとしたことで、現在、民衆の怒りを買い命まで狙われる身になっているという。しかし、ボンクラではあるが、曲がりなりにもコレニア王国の王太子。帝国に匿ってもらうべく護送されてきたのだ。

「……ご自分がなさったことの責任も取らず逃げおおせてきたのですか。腑抜《ふぬ》けが」

吐き捨てるようにエリザは言った。

以前は不敬だと思い堪えてきた言葉だが、今はもう無関係である。口から何の抵抗もなく滑り出た。

「た、ただ逃げてきたわけじゃない！　こうしてコレニア貴族たちからの要望を伝えにきたわけで……」

「それで、要望とは？」

「宝石店ルヴィエールと宝石喰いの悪女の噂が、コレニア王国にまで届いていたのです。それで、王家を支持するコレニアの貴族たちから『エリザベート様も帰国したいだろうし、婚約者として戻ってきてもらえ』と……」

「絶対に嫌ですわ‼」

エリザは反射的に叫んだ。

全身をぞわぞわと鳥肌が覆ってゆく。

「あなたの婚約者に戻るくらいなら、私、永遠に祖国に帰れなくていいです。絶対、嫌。死んでも嫌」

「こ、この国宝のティアラを差し上げますから――」

「いりませんわよッ‼」

持参した国宝のティアラを差し出すマーキスに向かって、エリザは悲鳴を上げるように叫んだ。

あまりに嫌すぎて気絶しそうだった。

誰か助けて……そうエリザが泣きそうになっていた時だ。

「あなたに死なれたら困りますよ、エリザ」

……いつの間にやって来たのか。

エリザの背後にアレクが立っていた。

「王太子殿下には、一旦お引き取りいただきましょうか」

エリザの肩に手を置き、アレクはにっこり微笑む。

マーキスが何も言えず震えている。

その様子に、エリザは、ちら、と背後を見た。アレクの瞳が、真っ青に見える。

（怒ってくださっている……）

何だか心強くて、エリザはようやくホッとした。


マーキスが立ち去るまで、エリザはアレクのおかげで何とか自分を保つことができた。

だが、憔悴《しょうすい》しきっていた。しばらく椅子から動けそうにない。

「大丈夫でしたか？」

二人きりになった客間で、アレクはエリザに優しく尋ねた。

エリザは、こくん、と頷く。

「殿下のおかげですわ。ありがとうございます……」

「あなたのお願い、叶えましょうか」

ぎく、とエリザは身を強張らせた。

平静を装って、口を開く。

「……願い？　一体なんのことでしょう」

「祖国を助けたいのでしょう？　だから、あなたはあの男に会った」

エリザはアレクの顔を見た。先ほど青かった瞳は、いつもの紫だ。

アレクの言うとおりだ、とエリザは内心で思った。

自分を棄《す》てた祖国なのに、助けたいと思っている。兄や領地のことを考えると、自分の中で切り捨てることができなかった。そして、この帝国の巨大な国力があれば救えるかもしれないと思ってしまった。

……それをアレクに見透かされてしまっている。

「そこまで頼るわけには参りませんわ……だって、そんなに大きな借り、さすがにお返しできないもの」

「借りにはなりませんよ。隣国を助けることで、この国にも益はあります。それくらいはすでに計算してあるので、思いつきで言っているわけでもありません」

アレクは余裕のある微笑みで、そう言った。

その厚意に、エリザは心がぐらりと揺らぎそうになる。

「で、でも、損をなさるかも」

「その時は、あなたが力となってくれるのでは？」

「それはもちろんですが、しかし……」

アレクは計算してあると言っているが、すでに傾いてしまった国を救うのは容易なことではない。そして、救ってもそれだけ益があるともエリザには思えない。

……そもそも、なぜ彼はそこまでしてくれようというのか？

他国の令嬢であるだけの自分のために、彼がそこまでする理由はないはず。となれば、彼には何か隠していた目的があるのでは――。

「では、交換条件です」

その言葉に、エリザは身構えた。

やはり何か目的が……そう考えたエリザの目の前で、アレクが跪いた。

「――え？」

「あなたも私の願いを叶えてください」

「殿下の願い、ですか……？」

そう尋ねた瞬間、エリザはビクッとした。

アレクの瞳の色が、これまで見たこともないほど赤く見えていたからだ。

その赤く輝く宝石のような瞳は初めて見るもので、エリザはびっくりして見入ってしまった。これは一体どんな感情なのか、と思わず考えてしまう。

だから差し出されたものに気づくまで、わずかに時間がかかってしまった。

「エリザ。私の伴侶になってください」

「…………………え？」

アレクのその言葉に、エリザはようやく自分の目の前に差し出されていたものに——赤く輝く宝石を戴いた指輪に気づいた。

その赤い宝石は、ガーネットでもなければ、ルビーでもない。

「…………これ。まさか、レッドダイヤモンドでは」

エリザが呆然と零した言葉に、アレクが「さすがですね」と微笑む。

ダイヤモンドの価値を決める、大きさ・色・透明度・カット、いずれも文句なしに国宝級の指輪である。特にレッドダイヤモンドなど、エリザですら見たことがない世界有数の稀少な宝石だ。見ているだけで眩暈《めまい》がする。

これは祖国のティアラ以上に値が張るかもしれない……いや張るのだろう、とエリザはアレクを見て思った。

彼はそういう人だと、もう十分知っている。

「……断りにくいタイミングを狙いましたわね？」

「私は賭けが好きですが、絶対に負けたくない時はよく考えて作戦を練りますよ。それで、答えは？」

アレクが赤い瞳を細める。

エリザは、ふう……と息を吐き出した。

(あり得ないわ、だって)

だって、あまりにも破格の『断れない条件』である。

祖国を救ってもらえて、国宝級の指輪を差し出されて、身分容姿その他諸々問題なしで……そもそも、婚約破棄され祖国から追放された自分を救い出してくれた恩もある。どこに断れる要素があるというのだろう。

で、あるからこそ、なぜ？　とエリザは頭を悩ませる。

(私には見えていないだけで、殿下には帝国への利益が見込めているのかも……その辺り、殿下は抜かりないでしょうし……)

うーん……とエリザは唸った。

結局、何も分からない。

しかし、アレクを待たせるのも限度がある。

「……求婚のお申し入れ、謹んでお受けいたしますわ」

エリザは観念してそう答えた。

そのプロポーズの承諾に、アレクは満面の笑みになった。

彼の瞳のように輝くレッドダイヤモンドの指輪が、彼の手でエリザの左手の薬指に嵌められる。

「ようやく、私だけのものになった」

アレクはそう言って、指輪にキスをした。

上目遣いの赤い瞳が、あなたが好きだ、と言外に伝えてくるようだ。

エリザは、そんなアレクをじっと見つめ返す。

機嫌がいい時や楽しい時など、そういった肯定的な感情の時に色を変える瞳だ。彼がこの求婚にどんな理由を隠しているかは分からないが、とりあえず嫌々でのプロポーズではないのだな、と判断する。

その上で、彼に言っておきたいことがあった。

「殿下。一つよろしいでしょうか」

「ええ。何でしょう?」

「コレニアを発つときに申し上げましたが、私、物ではありませんの。ですから、意思や願望があります」

カラスのルビウスがそうするように、発言したエリザはじっと視線で訴える。

その言葉と視線に、アレクはピンときたらしい。

「何か、叶えて欲しい願いがあるのですか?」

あの時のやり取りをしっかり覚えている彼に、エリザは思わず笑みを零した。

「ええ。これからも私の価値に見合う願いを叶えてくださいませ」

宝石喰いの悪女は、まだ気づかない。

その飾らぬ微笑みが、宝石のように美しい皇太子の心を喰《た》べてしまったことを。

FUTABA BUNKO

出雲のあやかしホテルに就職します
硝子町玻璃
Garasumachi Hari
女子大生の時町見初は、幼い頃から「あやかし」や「幽霊」が見える特殊な力を持っていた。誰にも言えない力を抱え、苦悩することも多かった彼女だが、現在最も頭を悩ましている問題は、自身の就職活動だった。受けれども受けれども、面接は連戦連敗。まさに、お先真っ黒。しかしそんな時、大学の就職支援センターが、ある求人票を見初に紹介する。それは幽霊が出るとの噂が絶えない、出雲の曰くつきホテルの求人で――。「妖怪」や「神様」たちが泊まりにくる出雲のホテルを舞台にした、笑って泣けるあやかしドラマ!!

発行・株式会社　双葉社

FUTABA BUNKO

発行・株式会社　双葉社

双葉文庫

み-30-06

宝石喰い《ほうせきぐ》の悪女《あくじょ》

2024年4月13日　第1刷発行

【著者】
三萩《みはぎ》せんや

【発行者】
島野浩二
【発行所】
株式会社双葉社
〒162-8540 東京都新宿区東五軒町3番28号
［電話］03-5261-4818（営業部）　03-5261-4851（編集部）
www.futabasha.co.jp（双葉社の書籍・コミックが買えます）
【印刷所】
中央精版印刷株式会社
【製本所】
中央精版印刷株式会社

【フォーマット・デザイン】
日下潤一

ISBN978-4-575-52749-0 C0193
Printed in Japan